씨네틴즈, 영화로 말해요

# 씨네틴즈, 영화로 말해요

펴 낸 날/ 초판1쇄 2022년 10월 9일
엮 은 이/ 책마을해리

펴 낸 곳/ 도서출판 기역
펴 낸 이/ 이대건

출판등록/ 2010년 8월 2일(제313-2010-236)
주    소/ 전북 고창군 해리면 월봉성산길 88 책마을해리
        경기도 파주시 회동길 363-8
문    의/ (대표전화)070-4175-0914, (전송)070-4209-1709

ISBN 979-11-91199-42-0  03810

길눈이밝은책 북씨네스쿨

# 씨네틴즈
## 영화로 말해요

책마을해리 엮음

ㄱ

# 씨네틴즈(cineteens)의 탄생, 책영화제 100회의 바람

책마을해리는 어린이 청소년을 위한 공간이에요. 그러다보니, 모두를 위한 공간이 되었어요. 70~80대 마을 어르신들에게도 허물없이 구는 공간이기도 해요. 어린이, 청소년들과 책으로 할 수 있는 일들을 하나둘 키워가다 오래지 않아 만난 장르가, 영화예요. 아시다시피 영화의 원전 (原典), 책인 경우가 참 많거든요. 원작도 읽고 영화도 보고, 읽고보는 쏠쏠한 재미에 한해두해 포옥 보내다, 우리는 <책영화제>라는 것을 시작했어요. 2017년 가을의 일이에요.

전문가들의 영역이라는 영화에서 어린이, 청소년들의 몫이 얼마나 될까요. 그 콩알만한 몫을 키워내느라, 책영화제 첫해부터 (물론 당사자들 의 제안에 힘입어 시작한 것이지만) 영화더빙 프로젝트를 시작했어요. '마을 할머니들은 자막 읽기 어려워 영화보기 힘드실 것 같단 말이죠'에서 촉발된 《창문 넘어 도망친 백세 노인》 영화의 더빙이 조금씩 윤곽을 잡아갔어요. 인터넷을 뒤져 한글 시나리오를 찾아내고 역할을 나눠 주말 밤 늦도록 녹음을 하고 날을 새며 편집을 마쳐냈어요. 그리고 첫 책영화제에 개봉박두. 시쳇말로 '대박'이었어요. 주인공 100살 할아버지 목소리를 맡은 이제 겨우 변성기 벗어난 티가 찰찰 나는 어색한 저음 목소리며, 싱크가 맞지 않아 소리 따로 움직임 따로, 영화를 튼 책뜰 야외 상영관은 웃음바다가 되고 말았어요. 그 배꼽잡는 흥행 덕에 마지막 날 한번더, 앵콜상영까지 했더랍니다.

다음해부터는 책영화제가 열리는 일정에 맞춰 청소년영화캠프를 열었어요. 책마을해리가 가진 바탕, 독자가 저자가 된다의 영화버전으로요. 영화의 관객(그것도 어린이 청소년)이 영화를 만든다,로 말이죠. 우리 나라 여기저기서 피어나는 청소년(이 스스로 만드는) 영화, 이름붙이기를 '시네틴즈'가 태어나는 순간이었구요.

소리영화제, 99초영화제 같은 재미난 형식으로 영화제 마지막 날엔 상영회도 열었구요. 드디어 다섯 번째 영화제를 앞둔 여름, 여균동 감독 네와 협업하는 영화캠프를 보름간 열었어요. 이 책은 그 보름의 이야기를 두고, 가까운 지역 세 곳의 친구들이 진행했던 영화짓는 이야기를 함께 중계하고 있어요.

더불어 책마을해리 여름책학교 영화학교 이야기도 보탰어요. 교장으로 함께해준 윤동환 배우, 지금은 명상선생님으로도 활약하고 있는 그를 통해 우리 마음속 깊이 감추어진 여러 감정을 끌어올리는 연습을 해보았어요. 그 감정을 책과 연결짓고, 연극의 구성으로 피워냈어요. 연극 세 편과 영화 세 편으로 서로 관객으로 배우로 만났어요. 호기심 어린 눈으로 새로운 세상과 만나듯요. 그 기록을 켜켜 챙겨넣은 책이 여러분 앞에 놓여요.

어쩌면 이 책을 통해 또 새로운 시네틴즈가 태어날지도 모를 일이에요. 책영화제는 이번 6회를 넘어 10회, 50회, 100회 이어질까요. 어쩌면 그렇게 될 것 같아요. 올해는 어린이날 100회를 맞는 해니까요.

책마을해리 촌장 **이대건**

# 차례

**청소년영화캠프/** 이토록 뜨거웠던 우리들의 기록

정해진 분량 안에서 이야기를 펼쳐내는 일은 결코 쉽지 않다. 글도 마찬가지겠지만, 영화는 더욱이나 그렇다. 120분 남짓한 시간 안에 담고자 하는 이야기와 전달하고자 하는 메시지를 집어넣어야 한다. 영상은 이미지를 통한 직접적인 전달이 가능하지만, 영화라는 예술 분야로 한정지었을 때는 이야기가 조금 달라진다. 영화는 '이야기'를 전제로 달고 있기 때문에 보다 함축적일 수밖에 없다. 우리가 흔히 '미장센이 아름다운 영화'라 부르는 작품은 그만큼 영상 한 컷에 감독이 전달하고 싶은 내용을 자연스럽게 담아낸 것이라고 할 수 있다.

2021년 순창을 시작으로 임실, 남원, 고창까지 전북 지역에서 청소년들이 직접 영화를 제작하는 '우리영화만들자 영화캠프'가 진행되었다. 지역 청소년들이 모여 함께 영화에 관해 배우고 직접 영상언어를 통해 각자의 이야기를 담아내는 작업이 이어졌다.

글을 통해 정보를 습득해온 기성세대와 달리 요즘 세대는 손에 스무언가를 쥘 수 있을만한 악력이 생길 나이 때부터 스마트폰을 친구 삼아 자랐다. 그만큼 영상매체, 영상언어와 가장 친숙한 세대라는 뜻이기도 하다. 영화캠프에 참가한 청소년들은 누구보다도 빠르게 영상언어를 습득했다. 체득한 지식을 기반으로 영화를 제작했고, 그 안에 아이들 저마다의 목소리를 담았다. 영화캠프에서 기계를 다루는 능숙함은 중요하지 않다. 그저 자신들의 생각과 이야기를 영상 안에 어떻게 담아낼 것인가, 관객에게 어떻게 소개할 것인가를 끊임없이 고민하는 시간이었다.

# 영화캠프의 첫 번째 관문,
# 면접 보러 왔습니다!

영화캠프에 지원 신청한 청소년들이 하나둘 면접 장소로 모여들었다. 저마다 단정하게 차려입은 친구들은 긴장과 어색함을 얼굴에 한껏 드러냈다. 달달 다리를 떨고, 꼼지락꼼지락 손을 만지고 드륵드륵 의자를 앞뒤로 움직인다. 긴장과 불안한 상태를 각자의 방식으로 표현하느라 공간이 다양한 소리로 가득 찼다. 대기실에서 순서를 기다리는 친구들은 면접 준비를 하거나 영화캠프 메이킹 자료로 쓰일 영상 인터뷰를 찍기도 했다. 분주함 속에서 아이들은 저마다의 영화 속 세상을 상상하고 있었다.

### 우리 목소리를 담은 생생한 이야기

"제 인생에서 면접은 처음이에요."

대기 중이던 한 친구는 긴장한 표정이 역력했다. 그렇게 어려운 면접 아니니까 그냥 얘기하듯이 편하게 보면 된다고 이야기했더니, 면접이 처음이란다. 통과의례처럼 형식적인 면접이라도 인생 첫 면접이라면 떨릴 수밖에 없다는 걸 잘 안다. 자신의 면접 순서를 기다리고는 친구에게 그저 "너무 떨지 말고 파이팅!"이라는 말만 건넸다.

남원영화캠프에는 중학교 1학년부터 고등학교 3학년까지 총 25명의 다양한 친구들이 지원했다. 그중에 개인적 사정으로 인해 신청을 포기한 친구 몇을 제외하고 22명의 학생이 면접장을 찾았다. 그중에 남원여자고등학교 2학년 오윤지 학생은 키가 커서인지 유난히 눈에 띄었다. 버스정류장에 붙은 영화캠프 참여자 모집 포스터를 보고 직접 지원했다는 윤지 학생은 영화캠프를 소설가라는 꿈에 한 발짝 더 다가가기 위한 발판으로 삼고 있다.

　"학업 스트레스가 심해서 힘들어할 때 언니가 저에게 '네 꿈이 있는데 이렇게까지 공부에만 몰두할 필요가 있어? 네가 하고 싶은 것도 해 봐'라고 이야기해줬어요. 마침 영화캠프 지원 신청도 받고 있던 때라 그 말을 듣고 용기를 내서 지원하게 됐어요. 이야기를 만들고 영화로 만드는 작업을 해 보고 싶더라고요. 학생 인권에 관한 이야기를 해 보고 싶어요. 어른들이 바라본 학생 인권이 아닌, 우리 시선으로 우리가 직접 피부로 느끼고 이상하게 여기는 것들을 영화로 이야기하고 싶어요."

쑥쓰러워하면서도 차분한 말투로 자신의 이야기를 꺼내는 윤지 학생을 보며 후에 나올 그의 영화가 궁금해졌다. 어른들이 대신 말하는 이야기가 아니라 아이들이 직접 힘주어 담아낸 그들의 이야기를 빨리 보고 싶다.

면접을 보러온 아이들 대부분에게 오늘이 인생 첫 면접이다. 가슴이 울렁거리고 땀도 나고 손도 떨리지만 영화 한 번 만들어 보고 싶다는 생각에 덥썩 잡은 기회이니 놓칠 수 없다. 그래서 그 짙은 긴장과 떨리는 분위기 속에서도 아이들 눈만큼은 반짝인다.

면접장 안에서도 친구들의 작은 불씨를 확인할 수 있다. 작은 목소리로 이야기하는 친구들이 대다수지만, 항상 시선은 면접관들을 향해 있다. 너무 떨려서 말로 하지 못하는 것들을 반짝이는 눈빛으로 대신한다.

### 서로 함께한다는 것의 가치

"사실 저희 면접은 함께할 아이와 아닌 아이를 구분하기 위해 진행하는 건 아니에요. 신청한 아이들이 모두 참여할 거라는 가정하에 서로 얼굴을 익히고 영화캠프에 관해 소

개해주는 시간이라고 보면 될 것 같아요. 아이들이 영상 제작 경험이 있으면 정말 좋은 일이지만, 그렇지 않은 친구들도 환영이에요. 새로운 경험을 하도록 자리를 마련하고 함께 협동하며 영화를 만드는 게 목적이니까요."

남원영화캠프 오윤덕 팀장이 말한 이번 면접에 관한 설명이다. 어떤 기준점을 삼아 판가름하는 게 아닌 모두가 함께 만들어갈 영화캠프를 위해 직접 친구들을 만나고 이야기 나누는 시간이다. 함께 소통하고 협력하는 것이 영화캠프의 가장 중요한 일이다. 그래서 여균동 감독은 면접 내내 아이들 한 명 한 명에게 성실하고, 아프지 말고, 결석하지 않을 것을 당부했다. 함께하는 다른 이에게 피해를 주지 않는 것이 이번 캠프에서 아이들이 해내야 할 가장 첫 번째 임무이자 활동 수칙인 셈이다.

면접을 무사히 마치고 아이들은 모두 집으로 돌아갔다. 그리고 바로 다음날 모두 합격 통보를 받았다. 면접 날 만난 친구들과 이제 함께 영화를 만들 차례다. 면접장을 찾은 친구 중에는 영화캠프를 통해 꿈을 찾고자 하는 친구도 있고, 정한 꿈을 굳히는 기회로 삼는 친구도 있다. 저마다 신청 경로와 계기도, 좋아하는 영화도, 경험도 다르지만 내 손으로 영화를 만들어보고 싶다는 뜻 하나는 모두가 같다.

# 전혀 당연하지
# 않은 것들에 관하여

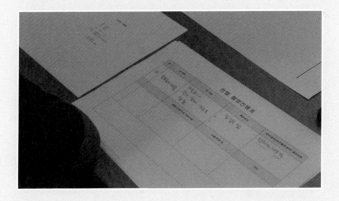

주말이면 남원영화캠프 청소년들은 어김없이 남원교육 지원청으로 모여들었다. 오리엔테이션을 거친 친구들은 동시녹음과 촬영, 조명 강의를 들으며 시나리오 작업을 병행했다. 두 팀으로 나눠 각자 생각한 키워드를 공유하고 그 안에서 영화 주제를 선정했다. 각자 자기가 한 번쯤 꿈꿔봤던 영화 주제를 마구 던지며 열띤 주제 선정 시간을 보냈다. 그렇게 선정한 주제를 가지고 간략한 스토리라인을 잡은 뒤, 함께 의논하며 이야기에 살을 붙여나갔다. 멘토 선생님들의 도움을 받아 계속된 협의와 수정 과정을 거쳐 완성된 시나리오는 〈줌인(Zoom in)〉과 〈그냥 꿈이나 꾸는 거지, 뭐!〉다. 두 시나리오 모두 청소년기에 고민해봄 직한 이야기들이다. 짧은 단편 시나리오지만 10대 당사자들이 바라본 세상과 그들이 하고 싶은 이야기를 꾹꾹 눌러 담았다.

**만약 그때로 다시 돌아간다면, <줌인(Zoom in)>**

종종 우리는 무성한 소문을 듣고 그것이 진실이라 믿을 때가 있다. 아니 어쩌면 자주 있는 일인지도 모른다.

소문에 관해 이야기할 때면 "아니 땐 굴뚝에 연기 나겠어?" 하고 타인의 소문을 대수롭지 않게 여기며 가벼운 이야깃거리로 삼는다. 사실 여부를 떠나 우리가 쉽게 이야기하는 것들이 당사자에게는 큰 파도가 될지도 모르고 말이다.

영화 〈줌인〉은 이처럼 우리가 쉽게 떠드는 소문에 관해 이야기한다. 주인공 민희는 학교 선생님으로부터 성폭행을 당했다는 소문이 학교 안팎으로 퍼져 2차 피해를 겪는다. 매스컴은 진실 여부를 알고 싶어하고, 주변 사람들은 소문을 퍼나르기 바쁘다. 그의 부모는 법적 처벌에만 혈안일 뿐 정작 상처받은 아이의 마음을 이해하고 보듬어주는 이는 없다. 결국 등교도 거부한 채 집에만 머물던 아이에게 학교 친구 한 명이 그에게 줌 화상으로 연락을 해온다. 사실 그 역시 비슷한 경험을 한 적이 있노라 고백하며 아이의 마음은 괜찮은지 묻는다. 지금 느끼는 감정을 공감하고 영원히 끝나지 않을 것만 같은 무서운 영화를 끝까지 함께 보겠다고 이야기한다. 힘닿는 데까지 도와준다는 말 대신 옆에 있어 주겠다고 약속한다.

민희에게 필요한 건 문제 해결이 아닌 이야기를 들어주고 공감해주는 일이었다. 그저 수군대기 바쁘고 나라면 어땠을 거라느니, 그 소문이 사실이라느니 하는 이야기들을 늘어놓을 게 아닌 것이다. 〈줌 인(Zoom in)〉이라는 영화 시나리오를 제작한 건 국악예술고 2학년 김은채 학생의 옛 기억과 후회에서 시작했다. 교회에서 만난 한 친구의 상처를 감싸주고 싶었지만, 은채 학생 역시 주변 소문에 의해 그 친구를 멀리했던 기억이 있다.

"교회에 새로운 친구가 왔는데, 전에 다니던 교회에서 목사에게 성폭행을 당했다고 하더라고요. 힘들었을 그 친구를 따뜻하게 대해주고 싶어서 다가가서 말도 걸고 친하게 지냈어요. 그러다 사실은 성폭행 피해자가 아니라 목사에게 돈을 뜯어내기 위해 의도적으로 접근했다는 이야기가 교회 내에서 돌았어요. 친구네 집안 형편이 좋지 않아서 그렇게 했을 거라고요. 처음에는 다들 잘 지내다가 그 이야기를 듣고 그 친구를 멀리하기 시작했고, 저 역시 반신반의하면서도 피하게 되더라고요. 결국 그 친구는 교회를 그만뒀어요. 나중에 이야기 듣기로는 학교도 자퇴하고 나쁜 길로 빠졌다고 하더라고요."

말도 잘 통하고 아무리 성격이 잘 맞는 사이일지라도 소문 하나에 선입견이 생기고 관계에 벽이 생기는 건 순식간이다. 누구보다도 서로를 이해하고 있다 할지라도 마음 한켠에 '설마…' 하는 생각이 드는 순간, 의심의 불씨는 커지기 마련이다. 당사자를 빼놓고 하는 이야기는 결국 당사자에게 상처를 남긴다. 직접 묻고 사실이 아니라면 해명할 수 있도록, 사실이라면 바로 설 수 있도록 함께해줬어야 했다고, 은채 학생은 이야기한다.

"지금 생각해보면 왜 그렇게 아무것도 묻지 않고 멀리하기만 했을까 싶어요. 조금만 더 그 친구를 믿어볼 걸,

무작정 피하지만 말고 그 친구 이야기도 좀 들어볼 걸, 하는 후회가 들어요. 누군가 한 명이라도 잡아줬다면 좋았을 것 같아요. 그런 이야기를 담고 싶었어요."

## 수많은 푸름이에게 건네는 위로, <그냥 꿈이나 꾸는 거지, 뭐!>

금수저, 흙수저와 같이 부의 편차를 나누는 단어나 임대아파트에 사는 친구를 비하하는 단어 '휴거'*를 들으면 머릿속이 복잡해진다. 점점 가난이 죄인 것처럼 차별받는 세상이 되어 가는 듯하다. 친구들 사이에서도 누가 더 잘 살고, 못 사는지 나누는 것은 이제 너무 당연한 절차처럼 여겨진다. '너 어디 살아?'가 아닌 '너 몇 평 살아?'가 친구를 알아가는 질문 중 하나가 되었다. 그러니 자연스럽게 정부의 복지 사업 수혜자들을 보며 '가난해서 받는 것'이라고 여기고 그 생각을 아무렇지 않게 내뱉는다. 내 친구의 상황일지도 모른 채 대수롭지 않아 한다. 영화 <그냥, 꿈이나 꾸는 거지, 뭐!>는 결식아동 복지지원카드를 사용

---

*임대아파트 브랜드인 '휴먼시아'와 빈곤층을 비하한 '거지'의 앞글자를 합성한 단어로, 임대아파트 입주민을 비하하는의미로 쓰이는 말.

22

하는 푸름이와 친구들 사이에서 벌어진 하루 동안의 이야
기를 다룬다. 푸름이는 자신의 가난을 친한 친구들에게조
차도 숨겼다. 드러내지 않아도 함께 어울릴 수 있고, 드러
냈을 때 당황해할 친구들의 모습이 싫기 때문이다. 여느
때처럼 친구들과 만나 떡볶이를 먹으며 수다를 떨던 중
푸름이 앞에서 친구들은 푸르미카드에 관해 이야기한다.
푸르미카드는 가난한 애들이 쓰는 것이라며, 자신도 용돈
이 다 떨어졌으니 그것을 써야겠다고 장난스럽게 이야기
한다. 모른 척 가만히 떡볶이만 먹던 푸름이는 결국 가장
들키고 싶지 않던 순간에 친구들에게 자신의 치부를 들키
고 만다. 어쩔 줄 몰라 하는 친구들과 어쩐지 자신이 죄

를 진 것만 같은 상황이 답답하고 화가 나는 푸름이다. 이 상황이 단순히 서로에게 닥친 상황을 잘 몰랐기에 생긴 일일까. 그렇다고 하기에 우리 주변엔 다양한 사람이 존재하고, 내 가까이에 사회적약자뿐만 아니라 상대적약자 또한 늘 존재하기 마련이다. 하지만 우리는 그 사실을 생각조차 하지 못하고 우리의 일이 아니라면 어쩐지 쉽게 이야기하는 경향이 있다. 종종 친구들이 툭툭 내뱉는 이야기에 상처받은 기억이 있던 서진여고 3학년 안성연 학생은 자신과 비슷한 친구들에게 위로를 건네고 싶어 이 영화를 기획했다.

"가난한 청소년들이 가난으로 인해 받는 상처를 영화로 이야기하고 싶었어요. 푸르미카드가 이 영화의 좋은 소재가 될 수 있을 거라고 생각했어요. 인터넷 검색창에 가난, 사회적약자라는 단어를 검색해 본 적이 있어요. 대부분 내용이 부정적인 것으로 가득하더라고요. 가난은 죄라느니, 가난하면 아무것도 할 수 없다느니 하는 이야기들뿐이었죠. 그래서 만약 내가 영화를 만든다면 인터넷 속 부정적인 내용보다는 긍정적인 이야기를 담고 싶었어요. 또 상처

받은 아이들에게 위로도 건넬 수 있었으면 했고요."

영화캠프에 지원할 때부터 청소년 영화를 만든다면 사회적약자의 이야기를 담고 싶었다. 청소년이 겪는 그들만의 다양한 고민 중 사회적약자 측면에서 대변하고 그들을 위로하는 영화를 만들고자 했다. 처음부터 생각한 이야기는 팀원들에게 호응을 받았고 끝내 시나리오 완성 단계까지 온 것이다.

"저희 영화를 보는 사람을 저는 두 부류로 나눠봤어요. 영화 속 푸름이와 비슷한 상황에 처한 당사자와 당사자가 아닌 사람으로 말이에요. 수많은 푸름이에게는 가난이 죄도 아니고, 그것으로 인해 상처받지 않아도 된다는 위로를 건네고 싶었어요. 그리고 푸름이 친구와 같은 입장인 사람들에게는 누군가 당신이 뱉은 말 한마디에 큰 상처를 입을 수 있다는 것을 깨닫게 하는 영화였으면 해요."

# 드디어 현장,
# 저마다 손에 든 열정과 끈기

어쩌면 아이들이 가장 기다리는 시간, 영화캠프의 꽃이라고 할 수 있는 촬영시간이 다가왔다. 현장 촬영은 그간 아이들이 강의를 통해 배우고 익힌 것들을 가지고 직접 영화를 찍는 시간이다. 수차례 이어진 토론과 시나리오 작업을 통해 완성된 글을 영상으로 구현하는 작업이기에 눈에 보이지 않던 것이 또렷해지며 아이들은 또 다른 성취감을 갖는다.

### n번째 재촬영, 될 때까지!

영화 촬영 1일차, 이제 시작이다. 그간 시나리오 제작을 위한 논의를 거쳐 완성된 시나리오를 가지고 아이들은 촬영 현장에 섰다. 본격적으로 그들이 손에 쥔 이야기를 그려내는 작업의 첫 발걸음이다.

촬영 현장에 도착하니, 아이들과 캠프 스태프들로 북적이는 소리가 가득하다. 남녀 주인공이 창가에 마련해 둔 테이블을 앞에 두고 앉았다. 테이블 너머에는 카메라와 마이크가 세팅되어 있고 카메라 감독과 음향 감독, 스크립터가 그 뒤로 자리를 잡았다. 비좁은 공간에서 모두가 숨죽인 채 카메라 속 화면을 바라본다.

"이게 그렇게 안 되냐? 이렇게 하면 되잖아, 그냥!"

여자 주인공이 남자 주인공의 옷깃을 잡고 끌어당기며 연기한다. 이후에도 몇 번의 "컷" 소리가 나왔다. 다시, 또 다시 재촬영이다. 20초 정도 될까? 그 짧은 시간 안에 이루어지는 촬영이지만, 배우의 연기 외에도 각도, 조명, 거리 등 신경 쓸 게 한두 가지가 아니다. 여자 주인공이 여러 번 뱉은 대사처럼, 이게 이렇게나 안 되나 싶다. 짧은 영상 하나 따내기가 이렇게나 어렵다.

### 지난한 과정, 그럼에도 놓지 않는 것

촬영은 수도 없이 다시 진행됐다. 어쩌다 한 씬이 무사히 끝나면 다음 씬에서 다시 난항을 겪었다. 촬영장 분위기라는 것이 매번 좋을 수만은 없다. 촬영 초반에는 화기애애하고 장난기 넘치는 분위기였지만, 테이크를 거듭할수록 분위기는 조금씩 가라앉는다. 종종 큰소리가 나오기도 한다. 물론 이런 장면은 영화 촬영만이 아닌 일상생활 어디서든 볼 수 있는 상황이다. 계획했던 것이 제대로

풀리지 않으면 분위기가 처지는 건 당연한 일이다. 그럼에도 아이들은 지치거나 포기하지 않는다. 분위기가 어둡더라도, 실수로 인해 큰소리가 오가고 험악해지더라도 아이들은 꿋꿋하다. 그들이 포기하지 않고 계속 나아가는 건 바로 옆에서 함께하는 강사진들이 있었기 때문이다. 아이들이 어려움을 겪으면 강사진들이 나서서 조언해주며 방안을 모색한다. 찍고 나서 애매하다 싶으면 다른 제안을

해주기도 하며 더 나은 것들을 찾는다. 영화적 지식을 갖지 않은 아이들에게 새로운 지식을 심어주는 역할보다는, 선배 입장에서 아이들이 적은 실패로 나아가며 성취감을 느낄 수 있도록 돕는다. 이것이 우영자 강사진들의 주된 역할이다.

물론 온전히 강사진들의 든든함 때문도 아니다. 아이들 스스로 영화 한 편을 만들어내고자 하는 열정과 끈기가 있다. 그들이 손에 가득 쥐고 놓지 않는 것들이다. 깨지고 실수하더라도 아이들이 쥐고 있는 그것들을 스스로 흘려보내지 않는 한 계속해서 걸어 나갈 수 있다. 이들이 영화를 만들며 배운 건 영화적 지식과 더불어 쉽게 포기하지 않는 법과 해낼 수 있다는 마음가짐일 테다.

# 마지막 지점,
# 영화로 맺어진 우리들

지난 6월 19일, 남원 아이쿱 생협에서 '2021 우리영화만들자 남원캠프' 작품 상영회가 있었다. 상영회 장소인 나비 소극장은 이른 시간부터 많은 사람이 자리에 앉아있었다. 캠프에 참가한 학생들은 물론이고 참가자의 가족이나 친구들, 학교 선생님들이 자리를 함께했다. 참가자들은 저들끼리 웃고 떠들며 캠프의 마지막 행사를 기다렸다. 새로운 사람이 들어올 때마다 반갑게 인사하며 서로의 안부를 물었다.

### 영화의 뒷모습, 메이킹필름

상영회의 첫 순서는 메이킹필름 시청이었다. '2021 우리영화만들자 남원캠프'의 14일, 한 달 반 동안의 과정을 한번에 살펴볼 수 있었다. 여러 감독님의 이론수업과 실습 현장, 완성된 시나리오 대본을 함께 읽는 모습, 카메라가 멈춘 촬영장에서는 무슨 일이 벌어지는지 등 짧은 영상 안에서 알차게 내용이 구성되었다. 자기들끼리 웃고 떠들다가도 촬영에 들어가면 진지하게 임하는 아이들의 모습과 아이들이 각자 캠프에 참가한 이유를 이야기하는 장면이 가장 인상적이었다.

메이킹필름을 시청하는 동안 캠프에 참가한 학생들은 영상 속 다른 친구의 모습을 열심히 찍다가도 자기 모습이 나오면 고개를 돌렸다. 참가 학생들뿐만 아니라 자녀, 지인의 모습을 놓치지 않고 찍기 위해 카메라를 드는 관객들도 있었다.

### 〈줌인〉과 〈그냥 꿈이나 꾸는 거지, 뭐!〉

이제 드디어 참가 학생들이 만든 결과물을 확인하는 시간이 되었다. 첫 번째 작품은 〈줌인〉이라는 제목이었다. 현재 시국에 널리 사용되고 있는 '줌(zoom)'이라는 온라인 화상 회의 앱을 이용해 이야기를 풀어나갔다. 장면 대부분이 줌 회의 화면으로 이루어져 있어 독특한 구성을 보여줬다. 영화는 학교 내에서 학생을 대상으로 한 성폭행과 피해 학생이 처하는 현실이라는 다소 무거울 수 있는 주제를 그려내고 있다. 특히 학교 내 성폭행의 주 대상이 되는 여성이 피해를 입는 현실에 관해 이야기하려고 했다.

바로 이어서 상영한 두 번째 작품 〈그냥 꿈이나 꾸는

거지, 뭐!)는 저소득층 가정 아이들을 지원하기 위한 '푸르미카드'를 소재로 하고 있다. 푸르미카드를 소지한 저소득층 아이의 어려움을 표현하고 있다. 하지만 앞에 작품과는 다르게 이야기가 무거운 분위기로만 흘러가지 않고 곳곳에 웃음 포인트를 집어넣고, 마지막에 가벼운 반전으로 분위기를 바꿔주기도 했다.

결과물 상영이 끝난 후에는 참가 학생들이 모두 단상 위로 올라가 수료식이 진행되었다. 수료증 전달은 우리영화만들자 사회적협동조합 김영연 대표가 맡았다. 한명 한명 이름이 불릴 때마다 해당 학생이 앞으로 나와 수료증을 받았다. 18명의 참가 학생이 모두 수료증을 받고 나서는 현수막과 함께 단체사진 촬영이 진행되었다.

단체사진 촬영까지 마무리된 후 총괄 감독인 여균동 감독과 시나리오를 도와준 박윤 작가가 단상 위로 올랐다. 앞서 상영한 두 개의 영화 작품에 관한 작품 소개와 질의응답 시간이었다. 먼저 작품마다 주요 아이디어를 제공한 학생이 작품에 관한 설명을 해주었다. 그 과정에서 영화에 관한 아이들의 생각이나 결과물과는 사뭇 다른

시나리오 초안에 관한 이야기도 알 수 있었다. 첫 번째 작품인 〈줌인〉은 원래 아이들이 처음에 만들고자 한 이야기는 피해자의 복수에 관한 내용이었다고 한다. 가해자를 향한 피해 학생의 참담한 복수극을 하려 했지만, 청소년 영화에 더 맞는 방향으로 이야기를 틀었다고 한다. 두 번째 작품인 〈그냥 꿈이나 꾸는 거지, 뭐!〉는 어른들이 알지 못하는 청소년들의 고민을 다루고 싶었다고 했다. 그것을 위한 매개체로 푸르미카드를 골랐고, 카드 사용에 있어서 곤란한 상황과 청소년의 고민을 보여주고자 했다고 한다.

주최 : 전라북도교육청
주관 : 우리영화만들자사회적협동조합

이어서 곧바로 질의응답이 진행되었다. 첫 번째 질문은 촬영장에서 분위기를 주도한 학생은 누구냐는 것이었다. 아쉽게도 해당 학생은 상영회에 참석하지 못했다. 대신 여균동 감독의 지목으로 다른 학생 한 명이 캠프에 관한 전체적인 소감을 이야기했다. 이어서 영화캠프 앞으로의 계획에 관한 질문이 있었다. 이에 관해서 여균동 감독은 단발성에서 그치지 않고 지속적으로 캠프를 진행했으면 한다는 의사를 밝혔다. 다음 캠프 개최지인 임실 학생들에게 전하고 싶은 말이 있냐는 질문에는 "너무 재밌네요"라는 답변을 해줬다. 마지막 질문은 영화 〈그냥 꿈이나 꾸는 거지, 뭐!〉 후속편은 언제 나오느냐는 것이었다. 이에 관해서 다음 캠프의 어느 팀이 관심 있다면 해보는 쪽으로 기대한다고 답변했다.

질의응답이 모두 끝나고 이어진 기념 촬영을 마지막으로 '2021 우리영화만들자 남원캠프'가 공식적으로 마무리되었다. 참가 학생들은 환하게 웃으며 서로 인사하고 자리를 떠났다. 어떤 학생은 아쉬운지 그 자리에 남아 다른 친구들과 이야기했다. 어떤 학생은 캠프 동안 함께 고생

한 스탭들에게 일일이 정성 들인 손편지를 건네줬다. 상영
회 자리를 떠나는 아이들의 뒷모습에서 시원섭섭한 마음
이 느껴졌다.

# 우리 이야기를
# 할 수 있어 좋았어요

남원 영화캠프에 참가한 소감을 듣기 위해 눈여겨봤던 학생 중 한 명을 다급히 붙잡았다. 조금 당황한 학생에게 인터뷰 목적을 설명하고 양해를 구하니 흔쾌히 응해줬다. 현장이 상영회 뒷정리로 다소 소란스러웠기에 조용한 구석 자리를 찾아 자리를 옮겼다.

"제 이름은 김은채고요. 남원국악고등학교 2학년 재학 중입니다."

김은채 학생은 또렷한 목소리로 자기소개를 해주었다. 질의응답 시간에 영화 <줌인>에 관해 또박또박 설명하는 그 모습

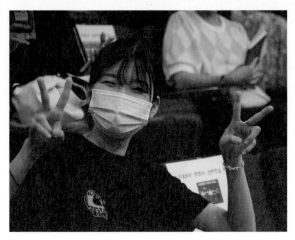

그대로였다. 김은채 학생은 <줌인>에서 주연인 '다영' 역할을 맡았고, 영화에 관해서는 "성폭행당한 친구끼리 서로 이야기를 하면서 위로받고 점점 성장해 가는 영화"라고 설명했다.

"개인적으로 후회했던 제 이야기를 영화로 만들고 싶었어요."

어떻게 보면 무겁고 민감할 수 있는 영화의 주제에 관한 아이디어를 어떻게 생각해냈는지에 관한 김은채 학생의 답변이었다. 김은채 학생은 주변에서 성폭행당한 친구를 향한 사람들의 언행과 소문, 그리고 자기도 모르게 그 친구를 멀리한 경험이 있었다고 했다. 지금은 그 경험을 반성하고 후회하기 때문에, 다시 또 후회하지 않고 지난 후회를 끝내기 위해 영화를 만들었다고 했다.

남원 영화캠프는 어떻게 알게 되었느냐는 질문에는 학교 선생님의 소개로 알게 되었다고 대답했다. 김은채 학생은 남원국악예술고등학교 연기·영상과에 재학 중이며 연기를 전공으로 하고 있다.

김은채 학생은 영화캠프에 관한 소감으로 처음에는 되게 설레었다고 말했다. 하지만 점점 캠프를 진행하면서, 시나리오를 쓸 때 시간이 부족하다는 생각이 들었다고 했다. 그래도 어느 정도 모양을 잡아 촬영을 해보니까 스스로 하고자 했던 이야기를 영화로 할 수 있어 좋았고, 뭔가 많이 생각하게 되어 좋았다고 대답했다.

"힘들었던 거는 영화캠프를 토요일과 일요일에 하다보니, 쉴 시간이 없어서 너무 힘들었던 거 같아요."

남원 영화캠프에서 힘들었던 것에 관한 대답이었다. 학생의 관점에서 한 달 반 동안 주말이 없어진 게 힘들었다는 것이다. 반대로 좋았던 것은 감독님들에 관한 촬영 일화를 예시로 대답해주었다. 화장실 신에서 제시한 아이디어를 음향 감독님에게 칭찬받기도 하고, 눈물을 흘려야 하는 장면에서 느꼈던 부담을 감독님의 격려로 내려놓기도 했단다.

 김은채 학생은 마지막으로 이런 기회를 가질 수 있어서 좋았고, 영화캠프가 또 진행된다면 다시 참여하고 싶다고 이야기했다.

# 남원캠프

## <줌인>

장르 다큐멘터리 | 러닝타임 8분

**시나리오** 줌인팀 모두 | **연출** 김주현·전예진 | **촬영** 오은서 | **조명** 방예린 | **동시녹음** 안상찬 | **붐오퍼레이터** 이수성 | **스크립터** 정소민 | **의상·분장·소품** 손유나 | **슬레이트** 방예린 | **출연** 다영/ 김은채 | 민희/ 오윤지 | 민희엄마·아빠/ 김양오, 김규섭 | 다영엄마/ 오윤덕 | 여학생/ 손유나, 김주현 | 학교 관련자/ 엄은정, 황병석 | 다큐제작팀/ 전세용, 김다운

다영이는 교내 성폭력 사건 피해를 고발한 이후 학교에 나오지 않는 민희가 걱정된다. 문자와 ZOOM으로 수차례 연락을 시도하던 어느 날, 초췌한 모습의 민희가 갑자기 화면에 접속한다. 아이들은 마

음대로 수군대고 학교는 사실을 부정하며 부모는 매일 다투기만 하는 무서운 현실 속, 두 사람은 서로의 일상을 지켜낼 수 있을까.

## <그냥 꿈이나 꾸는 거지, 뭐!>

장르 드라마 | 러닝타임 8분

**시나리오** 꿈팀 모두 | **연출** 안성연 | **촬영** 최서연 | **조명** 오윤지 | **동시녹음** 윤정 | **붐오퍼레이터** 한의정 | **스크립터** 도하영 | **슬레이트** 방예린 | **출연** 윤별/ 김다솜 | 다예/ 진은지 | 지혜/ 김영화 | 떡볶이 가게 주인/ 정인숙 | 악기 가게 주인/ 하강주 | 킹카/ 김상진


중학생 다예, 지혜 윤별은 시시콜콜한 일상까지 공유하는 절친이다. 떡볶이를 먹으러 간 어느 날, 코인노래방 비용을 내라는 친구들의 요구를 거부하고 굳이 떡볶이 값을 내는 윤별. 가난한 아이들에게 지급되는 급식카드인 푸르미카드를 조롱했던 다예와 지혜는 윤별

이가 푸르미카드 쓰는 것을 알게 되고, 가난을 숨겨온 윤별은 상처 받는다. 진심 어린 사과로 세 사람은 화해하고, 이제 윤별의 꿈을 응원하기 위한 여정이 시작된다.

## 임실캠프

### <탐정과 소년들>

**장르** 멜로 | **러닝타임** 7분

**시나리오** 탐정팀 모두 | **연출** 이채원 | **촬영** 정금희 | **조명** 장재은, 최지훈 | **동시녹음** 최하은 | **붐오퍼레이터** 정상민 | **스크립터** 김은율 | **의상·분장·소품** 서연화, 허연희 | **슬레이트** 박민준 | **출연** 소리/ 박다은 | 도윤/ 김종석 | 이안/ 이예준 | 학생들/ 전민호, 노승찬, 장설희, 최진훈, 장재은

시나리오 회의를 진행하면서 아이들은 다양한 의견을 내놓았다. 멜

로, 호러, 액션, 추리 등등. 하나하나 소중한 의견들이었고 이것들을 자연스럽게 묶어야 하는 숙제가 주어졌다. 많은 고민 끝에 이야기는 다듬어지고 학교에서 탐정 역할을 하는 소리와 그녀에게 잃어버린 목걸이를 찾아달라고 의뢰하는 도윤이로부터 이야기는 시작된다. 조사가 진행되면서 도윤이의 목걸이를 훔쳐간 범인이 도운이의 친구인 이안이로 밝혀지는데….

## &lt;반려좀비&gt;

**장르** 좀비물 | **러닝타임** 6분

**시나리오** 반려좀비팀 모두 | **연출** 정금희 | **촬영** 장재은 | **조명** 최진홍 | **동시 녹음** 최하은 | **붐오퍼레이터** 이채원 | **스크립터** 김은율 | **의상·분장·소품** 노성규, 서연화, 허연희 | **슬레이트** 박민준 | **출연** 남자좀비/ 김종석 | 여자좀비/ 박다은 | 철수/ 전민호 | 영희/ 장설희 | 좀비창고 관리인/ 정도영 | 영희 아버지/ 노성규 | 덩치좀비/ 전세용 | 좀비들/ 노승찬, 최진훈, 박민준, 이예

준, 정상민, 장재은 | 추적인간/ 허연희 | 이장님 목소리/ 황지용

2121년 좀비가 인간 세상에 나타나지만 사람들의 적절한 조치로 좀비를 반려동물로 키우는 것이 가능한 세상이 되었다. 주인공인 영희는 생일날 좀비를 선물 받고 친구 철수에게 훈련을 맡긴다. 철수 집에 끌려간 여자 좀비는 묶여 있던 다른 좀비에게 이상한 반응을 보인다. 철수와 영희가 자리를 비운 사이 여자 좀비는 자신이 소리이고 너는 도윤이라며 100년 전 같은 학교에 다니던 것을 기억하지 못하는 남자 좀비에게 울부짖는다. 소리는 도윤과 함께 줄을 풀고 탈출하게 되고 사람들은 사냥 좀비들을 끌고 둘을 추격한다.

## 순창캠프

### <무슨 일이 있나 봐>

**장르** 호러황당무협삐급학예영화 | **러닝타임** 8분

**연출** 권유진 | **촬영** 설재필, 안성효 | **동시녹음** 김정호, 박요한 | **스크립터** 전지우 | **슬레이트** 김미선, 설재필 | **소품·분장** 정설희, 권건영 | **메이킹필름** 임백호, 정설희 | **출연** 막둥/ 설재민 | 소월/ 양시은 | 짓수/ 백익순 | 밥탱/ 이재현, 양샘별, 박주희 | 고참/ 박요한, 정설희 | 천사들/ 김세은, 김시은, 전정현 | 소월 시/ 양샘별 창작

처음 기숙사에 들어간 밥탱 일당은 기숙사 생활규칙을 잘 지키지 않아 주짓 일당에게 눈총을 받는다. 주짓 일당은 막둥이를 시켜 자신들의 경고 메시지를 전하는데, 막둥은 둘 사이의 메시지를 거짓으로 꾸며 전달한다. 한편 소녀 소월은 막둥의 아슬아슬한 행동을 걱정한다. 소월은 자신의 시를 듣는 사람이 죽는 저주를 받은 비운의 소녀, 그러나 막둥은 소월의 비밀을 모른 채 그녀를 좋아하는데…

\<학교탈출>

장르 호러스릴러 | 러닝타임 11분

**연출** 서유나 | **촬영** 양그별, 김가연 | **동시녹음** 안예찬, 조민지 | **스크립터** 김소망 | **슬레이트** 전정민 | **소품·분장** 박지수, 양아영 | **조명** 이지은, 정종윤 | **메이킹필름** 김승하 | **출연** 민호/ 박도한 | 두리/ 설예니 | 민지/ 김채영 | 예찬 / 김회운 | 윤선생/ 예솔

민호는 과제를 제출하러 갔다가, 방금 교실에서 춤을 추며 놀던 친구 예찬의 시신을 매실창고에서 본다. 역사 선생인 윤쌤에 의해 살해되었다고 믿고 친구들에게 이를 말하지만 쉽게 믿어주지 않는다. 그 일 이후 윤쌤의 살의는 더욱 노골적으로 드러나고, 겁을 먹고 도망치는 민호의 친구들이 하나둘 사라진다. 어느새 학교에는 두리와 민호, 둘만 남겨지고 어떻게든 학교를 탈출해 살아남자고 약속한다.

## 고창캠프

### <여름이었다>

장르 멜로드라마 | 러닝타임 12분

시나리오 팀원 모두 | **연출** 원우현 | **촬영** 김승빈, 박준유, 이창민, 정승현 |
**동시녹음** 김주연 | **붐오퍼레이터** 황민혁 | **스크립터** 정예하 | **슬레이트** 이수
민 | **의상·소품·분장** 황지민 | **조명** 손효주, 이택원 | **출연** 윤지/ 서강희 | 민식
/ 표태권 | 성빈/ 원우현 | 친구/ 박준유, 정승현 | 태호샘/ 김태호 | 송샘/ 성
송현 | **메이킹샘** 홍용선 | **캠프 참가 아이들**/ 원우현, 황민혁, 정승현, 손효
주, 황지민, 김승빈, 김주연, 박준유, 서강희, 이수민, 이창민, 이택원, 정예하,
표태권

여름에 진행하는 책마을해리 영화캠프에 참가하며 기대에 부푼 윤
지는, 그곳에서 반항적인 느낌의 이상형 성빈을 만나게 된다. 윤지
는 성빈의 관심을 끌기 위해 여러 방법을 동원하지만, 성빈은 다시
돌아온다는 말만 남기고 캠프를 탈출한다. 성빈이 떠나고 캠프에 대
한 의지가 없어진 윤지. 그 앞에 성빈과 정반대 캐릭터 민식이 나타
난다. 하지만 윤지는 말을 거는 민식에게 차가울 뿐이다.
선의로 대하는 민식의 행동이 윤지에게는 귀찮고 짜증스럽기까지
하다. 윤지는 도망치는 민식을 쫓아가 으름장을 놓는다. 하지만 윤
지를 대하는 민식의 태도에는 변함이 없다.
캠프 마지막 날. 떠나는 아이들 사이에서 윤지가 선생님께 안겨 서
럽게 운다. 캠프가 끝나고 바닷가에서 노는 윤지와 민식. 그리고 그
들 사이에 뛰어들어 함께 노는 성빈. 웃으며 노는 아이들 너머로 노
을이 진다.

# 오늘 캠프 날씨,
# 맑음과 흐림 사이

지난해 8월 2일부터 14일까지 진행된 고창캠프에 참가한 청소년들은 매일 캠프에서의 일상을 기록했다. 시간순으로 간략하게 적은 친구가 있는가 하면, 아침에 눈을 떠 영화캠프에 와서 돌아가기까지의 모든 일을 세세히 적은 친구도 있다. 2주간 아이들이 기록한 일지를 보며 잠시 영화캠프의 생생한 현장감을 느껴보자.

### 8/2 영화캠프 첫날 1000, 100, 10, 1

여균동 감독님이랑 1000, 100, 10, 1 이라는 것을 배웠다. 1000은 1000일이 걸리고 100은 100권의 책을 읽고 10은 10번의 고비를 넘기고 1은 1개의 생각이다. 1000, 100, 10, 1을 배운 다음 영화는 함부로 찍는 게 아니라는 게 느껴졌다.

12시가 돼서 점심을 먹고 밖에서 1시 까지 놀다가 영화 이론 수업을 했다.

— 이재우

### 8/3 실제 촬영 연습

오늘 카메라를 만져보고 촬영해봤다. 카메라에 빛이 어떻게 들어오고 모이는지 알려주시고 직접 배우를 정해서 영상도 찍어봤다. 재밌었다. 이때 내가 꾸벅꾸벅 졸았다. 창피하다. 수업이 끝나고 촬영 실습을 했다. 새로운 걸 알게 돼서 신나거나 흥미롭고 신기했다. 근데 사실 난 그때 너무 졸려서 잤던 것 같다. 꿈속에서 촬영하는 꿈을 꿨다. 좋았다.

— 표태권

## 8/5 시나리오 수업

7시 50분에 일어나서 토마토주스를 마시고 급하게 나왔다. 발열체크를 하고 차에 타서 해리에 왔다. 처음부터 시나리오 수업을 했다. 2팀으로 나누어서 콘셉트를 잡고 소원을 말했다. 그 뒤 발표를 하고 밥을 먹었다.

다시 팀을 나누어서 이야기를 만들었다. 처음에는 다들 아무 말도 안하고 조용했는데 조금 사건이 지나자 이야기를 하기 시작했다. 로맨스 이야기인데 코미디가 섞였다. 방문 손님들이 계셔서 마음대로 떠들지는 못했지만 재밌게 만들었다.

시간이 다 돼서 발표하러 왔는데 다른 팀보다 우리 팀이 만든 이야기가 훨씬 잘 만들었다고 생각했다. 그 이유는 다른 팀보다 정리를 잘했고 콘셉트가 잘 잡혀있기 때문이다.

— 이수민

## 8/5 더 좋은 시나리오를 향해

오늘은 하루 종일 시나리오 수업을 했다. 1조 2조 나뉘어서 서로 시나리오를 썼는데 2조는 처음 키워드를 정해서 그 키워드에 맞는 주제를 정했고 1조는 캐릭터를 정해 각자 스토리를 쓴 것 같았다. 다들 다양한 아이디어가 나온 것 같았다.

점심을 먹고 나서 조금 쉬다가 다시 조를 나누어서 쓴다 생각하니 머리가 아팠다. 처음부터 간단한 스토리보드를 짜 대략적인 내용을 이해하고 그 후에 살을 붙여 디테일한 스토리를 썼다. 처음엔 백지에 글을 쓰려고 하니까 이 상황이 막막하고 왜 하는지 이해가 안 되긴 했지만 점점 상의를 통해 스토리가 만들어지는 모습이 신기하기도 했고 재미있기도 하였다. 그 후에는 상황에 맞춰 적절한 대사와 행동을 넣었다.

— **황민혁**


## 8/5 점점 윤곽이 잡혀가는 시나리오

오늘은 시나리오만 만들었다. 점심을 먹기 전에는 선 쌤, 송송 쌤과 함께 책마을해리의 환경을 어떤 식으로 활용할까에 대해 이야기했다. 주변 환경을 다시 떠올리기 위해서 처음 왔을 때 책마을해리 인상과 책마을해리의 어떤 장소가 마음에 드는지에 대해서 이야기했다. 조원별로 가장 마음에 드는 장소를 뽑은 후 그 장소하면 떠오르는 단어를 마인드맵 했다. 그러고 나서 마인드맵에서 겹치는 단어를 뽑아서 책마을해리의 키워드로 지정하고 그 키워드를 활용해서 이야기를 썼다.

가장 인상 깊었던 것은 '나무'라는 키워드를 뽑은 친구였다. 이름은 잘 기억 안 나지만 주인공이 나무와 이야기할 수 있다는 것을 주제로 글을 썼는데 굉장히 인상 깊고 창의적이라고 느꼈다. 그 후 점심을 먹고 시나리오 작가님께서 대략적인 컨셉 설명을 해주신 후 아까 나눠진 조대로 어떤 시나리오를 만들까에 대해서 회의했다. 시나리오의 뼈대는 아래처럼 나왔다.

[시나리오]

남 주인공: 성빈, 여 주인공: 춘자

Scene #1

영화캠프 전 날 설레는 마음과 상상만으로도 행복한 로망을 전화로 친구에게 말하는 춘자.

Scene #2

다음 날 고창 터미널에서 성빈이가 춘자에게 첫눈에 반해 뚫어져라 쳐다보며 지나가다가 기둥에 부딪혀 넘어진다. (서로 캠프에 오는지 모르는 상태)

Scene #3

책마을해리에 도착한 후 다시 만나게 된 성빈이랑 춘자.

Scene #4

첫째날은 영화캠프에서 조명이론에 대해서 배움. 하지만 성빈이는 춘자를 바라보느라 정신이 없음. 성빈이가 수업에 집중을 안한다는 것을 알게 된 선생님이 성빈이를 꾸짖음.

Scene #5

성빈이가 책마을해리에 있는 동안 춘자를 도와줌.

ex) 높이 있는 책 꺼내주기, 잃어버린 지갑 찾아주기, 손이 종이에 베인 춘자에게 반창고를 건네줌. 높이 있는 조명 불 대신 꺼주기.

(Day 1~3)

Scene #5 넷째날 밤 남자숙소

남자애들끼리 진실게임을 함. 성빈이가 춘자를 좋아한다는것을 걸림.

Scene #6

눈치 없는 성빈이의 친구 민식이가 춘자의 친구들에게 그 사실을 알림.

Scene #7

평소에 성빈이가 자신을 많이 도와준다는것을 알고는 있어서 호감이 생긴 상태였지만 성빈이가 자기를 좋아한다는 사실을 알게 된 춘자는 성빈이를 찾음.

Scene #8

진솔한 대화를 통해서 서로의 마음을 확인한 성빈이가 춘자에게 고백함. 춘자가 성빈이의 고백을 받음.

Scene #9

성빈이와 춘자는 책마을해리 안에서는 몰래 데이트를 한다.^^ (바다 가기, 설거지 도와주기, 도서관에서 점심먹고 같이 "낮잠" 자기) 캠프가 끝나고 다음에도 캠프 다시 오자고 약속함.

Scene #10

2주 뒤에 표서록 캠프에서 만남

— **원우현**

## 8/6 녹음 수업

오늘은 아침부터 참깨라면을 먹고 왔다. 그리고는 버스 정류장에 도착해 배그 한 판 돌리고 있는데 차가 왔다. 책마을에 도착하여 동시녹음수업을 듣고 실습에 들어갔다.

녹음기도 만지고 헤드폰도 만지고 XLR 케이블도 만지고 블림프도 만졌다. 봄플도 만졌다. 처음 만져보니까 정말 신기했다. 그리곤 2명씩 짝을 지어서 실습을 했는데 형들이 실수한 걸 봐서 실수를 안하고 집중해서 잘 찍고 싶다. 점심을 먹고 다시 동시녹음 수업을 했다. 수업이 끝나고 시나리오를 했다. 진짜 힘들고 재미있었다. 그리고 끝난 뒤 발표를 했다… 어려웠다.

― 이택원


## 8/9 도덕심 넘치는 친구2가 됐다

시나리오가 완성돼서 대본 리딩을 다 같이 했다. 나는 윤지 대사를 읽었는데 솔직히 성빈이나 민식이를 하고 싶었다.

에잉, 남장하고 할 수도 있는 거지. 오디션을 보는데, 성빈이 역할이 하고 싶었다. 민식이 역할도 하고 싶었다! 윤지만 아니면 되는데. 어째서 성별대로 봐야 하는 거지?

암튼 오디션 보는 것도 재밌긴 재밌겠다. 오디션 볼 때 영상을 찍지 않았으면 좋겠다. 겁나 쪽팔린다. 아니 근데 나는 촬영을 하고 싶은데? 역할을 정할 때 촬영이랑 연출을 하고 싶다고 말씀을 드렸더니 연출은 리더십이 필요하다 그러셨다. 어쨌든 출연을 하게 됐다. 도덕심이 넘치는 친구 2가 됐다. 둘째 날에 촬영이 있다.

— 정승현

## 8/10 스크립터가 되다

(스크립터 1)

버들눈 도서관: 첫 씬 찍은 곳 다 같이 나오는 씬이라 나도 나왔다.

도서관 (10씬): 윤지랑 친구 1,2가 약간 다투는 씬 1컷에서 NG가 많이 나서 힘들었다.

야외피아노 (11씬): 2컷밖에 없어서 좋았다.

책숲 도서관 (3씬): 더워서 정말 죽는 줄 알았다.

책숲 도서관 (7씬): 다음시간이 점심시간이라 꾹 참고 견뎠다.

교실 (9씬): 이 씬 역시 컷이 많아 힘들긴 했다. 스크립터라서 손목도 아팠다.

교실 (12씬): 덥다, 손목아파, 힘들다, 죽겠다.

교실 (17씬): 갈수록 느끼는 감정이 비슷해지는데….

꿀밤나루 (6씬): …존나 힘들다, 진짜.

해먹 (8씬): …손목 아파악! 스크립터 왜 했지….

터미널 (0씬): 늦게까지 힘들다… 내 놀 시간 ㅠ3ㅠ.

내가 원해서 가긴 했지만… 큼.

— 정예하

## 8/10 영화찍기

차를 타고 책마을해리에 가서 영화를 찍었다. 나는 엑스트라라서 잠깐 동안 나왔고 분장, 소품을 준비했다. 분장은 내가 하지 않고 소품만 준비했다. 소품도 준비할게 많이 없어서 주연 배우 물이나 휴지, 대본 같은걸 챙겼다. 선생님께서 꼼꼼하다고 칭찬해주셨다. 정말 즐거운 하루였다.

— 황지민

## 8/11 믹서, 재밌네

오늘 오자마자 내가 맡은 일을 하려고 준비하고 있었다. 그리고 믹서에 있는 일을 아주 잘 수행했다. 힘들지만 처음 찍어보는 거여서 재미있었다. 다 찍고 일지를 쓰는데 어제보다 믹서가 익숙해졌다는 걸 알게 됐다. 그래서 재미있었다.

— 김주연

## 8/12 편집은 대단해

오늘은 편집을 배웠다. 2일 동안 찍은 영상들을 보는데 느낌이 새로웠다. 편집을 하는 것을 배우는데 지금까지 몰랐던 것을 배우니깐 영상을 만드는 사람들이 얼마나 대단한지 실감했다. 편집을 하는 것은 정말 어려웠지만 해보니깐 정말 재밌었다. 완성된 영상을 하루 빨리 보고 싶다.

— 김승빈

## 8/11 너무너무 기다린 OK사인

오늘도 촬영을 했다. 오늘은 스텝 차례가 내 차례가 아니어서 가만히 앉아있었다. 활동적인 나에게는 가만히 있는 것이 더 힘들었다. 오늘의 날씨는 어제보다 훨씬 더 많이 더웠다. 오늘 촬영 중 책감옥에서 찍는 씬이 있는데 표태권이 책감옥에 들어가서 몇초 뒤에 나와야 하는데 빨리 나오고 싶어서 바로 나왔다. 그게 너무 웃겨 조금 크게 웃은 것 같다. 제일 기다리기 힘들었던 씬은 16씬이었다. 그때 진짜 더웠는데 NG가 나서 너무 힘들었다. 트리하우스 안쪽에서 찍는 거여서 아래서 기다렸는데 OK라고 했을 때 너무 좋아서 '우와' 하면서 소리쳤다. 일지를 다 쓰고 난 후에 장호 해수욕장(바다)으로 촬영을 하러 간다고 해서 기분이 좋았다..

— 박준유

## 8/13 편집 끝~

오늘은 편집을 다 했다. 22씬까지 다 하고 어색한 부분을 다듬고 하다 보니 점점 자연스러워지긴 했지만 그래도 완전히 자연스럽진 않아서 아쉬웠다 ㅜㅜ. 그리고 다른 팀이 한 영화도 쭉 봤다. B와 C팀은 구도를 많이 바꿔서 감정이 잘 나왔던 것 같다. 소리 넣는 법과 자막 넣는 법을 배웠지만 자막은 못 넣었다. <유포리아>라는 일본 노래를 배경음악으로 넣었다. 끝부분이 너무 감동적이어서 눈물이 났다. 왜 감동적인지는 모르겠다.

— 손효주

# 조각조각이 모여
# 하나의 이야기로

영화도 결국은 이야기를 풀어내는 수단 중 하나다. 영화를 만들기 위해서는 먼저 이야기가 나와야 하는 게 당연한 순서다. 아이디어 회의를 거쳐, 시놉시스가 만들어지면 그걸 토대로 시나리오 작성에 들어간다. 영화적 글쓰기는 우리가 흔히 아는 글과는 조금 차이가 있다. 영상으로 옮겨질 글이기에 영화화를 염두에 두고 세세히 적는다. 시나리오 단계에서 놓치면 각 씬과 컷을 구성하는 콘티 단계에서 애를 먹게 된다. 다음 글은 고창캠프 참가자들이 만든 영화 <여름이었다>의 시나리오다. 시나리오는 청소년들이 얼개를 짜둔 버전과 시나리오 감독이 수정한 버전 두 가지로 나뉜다. 머리를 맞댄 아이들의 아이디어는 다양한 장르로 튀어나왔다. 풋풋 달달한 로맨스부터 카리스마 넘치는 액션, 등골이 서늘해지는 공포까지. 각자가 하고 싶은 이야기가 많다 보니 회의를 진행하는 시간도 길어졌다. 토론과 타협, 양보 끊임없는 줄다리기 끝에 조각조각 흩어져 있던 단편의 생각들이 단 하나로 모아졌고, 시나리오 감독의 도움을 받아 정갈한 형태로 다듬어졌다.

## <여름이었다>

#0. 고창 터미널. 아침

뭔가 기분 좋은 듯 경쾌하게 걷고 있는 윤지, 저만큼 앞에서 걸어오는 승빈을 본다.
승빈은 방향을 꺽어 터미널 안쪽으로 들어간다.
승빈을 보려고 방향을 트는 윤지, 앞에 있던 기둥을 보지 못한 채 부딪힌다.

**윤지:** (이마를 잡으며) 아!

그 사이에 터미널 안으로 사라지는 승빈. 승빈이 사라진 방향을 보며 아쉬워하는 윤지.

#1. 책마을해리 앞. 아침(인서트)

입구에 휘날리는 '우리 영화 만들자' 캠프 플래카드.
그 밑으로 걸어 들어오는 학생들.

#2. 교실. 아침

기대에 찬 표정의 윤지는 눈을 반짝이며 주위를 둘러보지만
다른 친구들은 다소 긴장하거나 김이 빠진 표정들이다.
옆 친구와 이야기 하는 친구, 혼자 낙서하는 친구 등을 차례로 보는
윤지.

**태호쌤:** 자, 오늘 영화 캠프가 시작됐습니다. 첫 번째 시간은 영화란
무엇인가를 알아보는 시간입니다. 수업 시작하기 전에 박수 한번 치
고 시작할까요?

아이들, 얼레벌레 박수를 치고 윤지도 박수를 치는데
교실문이 열린다.
윤지, 문을 바라보면 승빈이 들어선다. 어딘가 반항적인 느낌.
빈자리를 찾아 앉는 승빈을 따라가던 윤지의 표정이 두근거린다.
타이틀 뜬다. "여름 캠프".

#3. 도서관. 낮

의자에 기대 앉아 팔짱을 낀 채 눈을 감고 있는 승빈의 머리 위로 책
이 떨어진다.

승빈: (눈을 뜨며) 아! 뭐야?

승빈이 쳐다보면, 윤지가 사다리 위에서 웃고 있다.

윤지: 미안. 많이 아팠지?
승빈: 뭐냐, 너?
윤지: 여기 있는 책 꺼내다가 너무 높아서 떨어트렸어. 일부러 그런
건 아니야.

씨익 웃는 윤지.

#4. 도서관 뒷길. 낮

터벅거리며 걸어오는 승빈의 앞으로 갑자기 뛰어드는 윤지.
승빈의 옷에 물이 한껏 쏟아진다.

승빈: 앗, 차거.
윤지: (빈 종이컵을 들고) 어머 미안해.

승빈, 또 너냐는 표정으로 윤지를 보지만 윤지는 싱글벙글.

#5. 교실 근처. 낮

1.5리터 생수병을 들고 어슬렁거리는 윤지.

아무도 없다.

운동장 건너 벤치를 보면, 혼자 앉아 있는 승빈.

윤지 씨익 웃는다.

#6. 벤치. 낮

혼자 앉아 있는 승빈의 뒤로 살금살금 다가가는 윤지.

승빈의 머리 위로 물을 부으려는 순간,

윤지의 손을 잡는 승빈.

**윤지: 으억!**

**승빈: 그만해.**

**윤지: 어떻게 알았어?**

벤치에서 일어나는 승빈.

**승빈: 마침 잘 됐네. 니가 나의 증인이 되어주면 되겠다.**

**윤지: 무슨 증인?**

승빈, 울타리 옆에 선다.

**승빈: 난 캠프를 탈출할 거야.**

윤지: 아직 1주일이나 남았어.

승빈: 난 사실 여기 오고 싶지도 않았어. 집에서 게임만 하고 있으니
　　　까 엄마가 보기 싫다고 나도 모르게 신청해 버린 거야.

윤지: 나가서 뭘 할건데?

승빈: 학교를 폭파해야지.

윤지: 유승빈, 미쳤냐?

승빈: 기다려라. 내가 이 캠프도 폭파하러 온다.

윤지: 그냥 있어. 수업 안 들어와도 내가 다 막아줄게.

승빈: 필요없어. 나 간다.


승빈은 가볍게 울타리를 넘어 논밭 사이의 길로 사라져버린다.


윤지: (Na) (허망한 표정) 아, 내 첫사랑이 도망간다.


#7. 도서관. 낮


강의를 하고 있는 태호쌤.

옆에 늘어선 조명과 촬영장비들.


태호쌤: 촬영이란 무엇인가. 촬영은 빛을 담아내는 작업이에요.


강의를 하거나 말거나 의자에 앉아 팔짱을 끼고 자고 있는 윤지.

**태호쌤: 민식아, 저기 조명을 좀 켜볼까?**

민식, 스위치 딸깍하면 윤지 옆에 있던 조명기에 불이 들어온다.
그런 윤지를 바라보는 민식의 표정이 두근두근하다.

#8. 해먹. 낮

해먹에 누워 흔들리는 하늘을 바라보는 윤지.
한숨을 푹 내쉬며 해먹으로 얼굴을 덮어 버린다.

**민식: 여기서 뭐해?**

윤지, 해먹을 걷으면 드러나는 민식의 얼굴.

윤지: (시큰둥하게) 알아서 뭐하게?
민식: 수업도 안 들어오고 너 요즘 이상해.
윤지: 신경 꺼.
민식: 무슨 일 있어?
윤지: 존나 재미없어.
민식: 우리 아빠도 늘 그러던데.
윤지: 사는 게 뭐 이러냐. 나이만 먹고.
민식: 우리 엄마도 맨날 그래.

윤지: 나 늙었냐?

민식: 우리 엄마도 나한테 그렇게 물어보는데, 경험상 그런 질문에
　　　는 답하지 않는 게 좋더라.

윤지: 늙었네, 늙었어. 어쩐지 기운이 없더라.


민식, 주머니에서 주섬주섬 뭔가를 꺼내 건네며


민식: 사탕 먹을래?


뜨겁게 빛나는 태양.

해먹과 바닥에 걸터 앉은 두 사람.

윤지, 사탕껍질을 까보면 사탕이 녹아 포장지에 들러붙어 있다.


윤지: 뭐야? 이거 오래되서 못 먹는 거 나한테 준 거지?

민식: (당황) 어, 아니야. 캠프 오기 직전에 산 거야.

윤지: 내가 좋아하는 맛이니까 먹는다.

민식: 하나 더 줄까?

윤지: 됐어. 손에 다 붙었어.


윤지는 손가락을 서로 붙였다 떼었다 손장난을 하고 있다.

녹은 사탕으로 진득하게 들러붙는 손가락.

윤지: 이렇게 붙어 있고 싶었는데

민식: 무슨 말이야?

윤지: 아니야. 넌 몰라도 돼. 나 먼저 간다.


윤지, 운동장을 가로질러 가면

그 모습을 물끄러미 보는 민식.

#9. 교실. 낮


칠판에 적혀 있다.

'설거지 당번: 정윤지-유승빈'.

윤지, 칠판 앞에 서서 물끄러미 바라보다가 유승빈의 이름을 지워버린다.

설거지대에 잔뜩 쌓여 있는 설거지거리들.

#10. 도서관. 낮


구석 자리로 가는 윤지.

그러나 그곳엔 이미 다른 커플이 자리를 잡고 붙어 앉아 시시덕거리고 있다.


윤지: 야! 거기 내 자리야.

**커플남: 여기가 왜 니 자리야?**

**커플여: 맞아. 다같이 이용하는 곳이라고.**


커플의 기세에 밀려 도서관을 나오는 윤지.


#11. 도서관 밖 피아노. 낮


피아노 앞에 걸터앉는 윤지.

천천히 피아노를 연주한다.

그러다 이내 싫증이 나는 듯 쾅 건반을 눌러버린다.


#12. 교실. 낮


깨끗하게 정리된 설거지대를 바라보는 윤지.

칠판을 보면,

'설거지당번: 정윤지-최민식'

이라고 적혀있다.

윤지, 쌔한 기운에 뒤를 돌아보면 민식이 윤지를 바라보고 있다가

퍼뜩 몸을 돌린다.

그런 민식을 노려보듯 보는 윤지.

민식은 도망치듯 교실을 빠져나간다.

빠른 걸음으로 도망치는 민식을 따라가는 윤지.

**윤지: 야, 최민식 거기 서!**

들은 체도 않는 민식.

책감옥으로 쏙 들어가 문을 닫아버리는 민식.
문 앞에는 '방해하지 마시오' 라고 써져 있다.

**윤지: 너 여기 들어가면 책 한 권 다 읽을 때까지 못 나와. 알아?**
**민식: 그러니까 그냥 내버려둬.**

문 앞에 쭈그리고 앉는 윤지.
더위에 지쳐 땀을 흘리는 윤지.
빼꼼히 열리는 문 사이로 민식의 얼굴이 드러난다.
문이 열리는 줄 모른 채 고개를 숙이고 있는 윤지.
민식, 문을 열고 달아난다.

**윤지:** (뒤늦게) 야!

#15. 책마을 이곳저곳. 낮

건물을 돌아 사라지는 민식.

그를 뒤쫓는 윤지.

책들 사이로 사라지는 민식.

그를 뒤쫓는 윤지.

부엉이집으로 들어가는 민식.

부엉이집에서 나오는 윤지.

**윤지:** (헉헉) 도대체 얘는 어디 간 거야?

보면, 트리하우스를 올라가고 있는 민식.

#16. 트리하우스. 낮

고개를 빼꼼히 내미는 윤지.

보면, 웅크린 채 창밖을 내다보는 민식의 뒷모습이 보인다.

민식의 뒷통수를 퍽 내리치는 윤지.

**민식:** 으악! 너 언제 왔어?

**윤지:** 칠판에 니 이름 적어 놓은 거 너지?

민식: (고개를 끄덕)

윤지: 왜?

민식: 내가 설거지하려고.

윤지: 승빈이 차롄데 니가 왜 해?

민식: 승빈인 캠프 그만 뒀어. 어제 승빈이 엄마한테 전화가 왔대.
　　　승빈인 그만둔다고.

윤지: 거짓말.

민식: 정말이야.

윤지: (고집부리듯) 그럼 나 혼자 할 거야.

민식: 너 혼자 하긴 너무 많아. 내가 도와줄게.

윤지: 싫어. 니 이름 지울 테니까 그렇게 알아.


윤지, 트리하우스를 내려가는데


민식: 윤지야, 사탕 먹을래?


내미는 민식의 손에 놓여진 사탕을 보다가 집어드는 윤지.

#17. 교실. 낮


태호쌤: 편집이란 무엇인가. 편집은 자르고 붙이는 일이에요. 무엇
　　　을 자르고 붙이는가? 아주 옛날에 필름으로 영화를 찍었을

때에는 필름을 가위로 자르고 붙였어요. 지금은? 아주 간단

하게 클릭 몇 번으로 자르고 붙일 수 있어요. 쉽죠?


고개를 숙인 채 낙서를 하고 있는 윤지.

흘깃 고개를 들면 윤지를 바라보고 있던 민식과 눈이 마주친다.

민식 씨익 웃는다.

윤지, 확 하듯 화난 표정을 짓지만 민식은 아랑곳 않는다.


#18. 흔들그네. 낮


혼자 앉아 책을 읽고 있는 윤지.

어디선가 피아노 소리가 들린다.

씬11에서 윤지가 연주했던 그 노래.

윤지는 가만히 그 연주를 듣는다.


#19. 책마을 입구. 낮


쌤들 씬1과 마찬가지로 입구에 서서 손을 흔든다.

그 사이로 입구를 빠져나가는 아이들.


**송쌤:** 잘 가. 건강하게 지내다 또 만나.

**메이킹쌤:** 즐거웠어.

아이들, 신이 나서 쌤들과 하이파이브를 하면서 가는데

그 틈에서 유독 기운 없어 보이는 윤지.

윤지, 갑자기 멈춰 서서 눈물을 터트린다.

송쌤: (다가가 안으며) 윤지야, 왜 울어? 그렇게 서운해?

윤지: (서럽게) 흐억흐억….

송쌤: 우리 윤지가 친구들이랑 헤어지기 싫은가보다. 내년에 또 만
나면 되지.

윤지: 흐억흐억흐억흐억

#20. 스틸컷

머리 위에 떨어지는 책으로 인상을 쓰는 승빈.

그 모습을 보며 재밌다는 듯 키득대는 윤지.

윤지: (NA) 너는 아팠고 나는 좋았던 순간들.

트리하우스에서 승빈의 머리를 내리치는 윤지의 화난 표정.

맞으면서도 웃고 있는 민식.

민식: (NA) 너는 아팠고 나는 좋았던 순간들.

#21. 다시 책마을 입구

아이들이 모두 떠난 텅 빈 길.

#22. 바닷가. 해질녘

**민식:** (뛰어가며) 나 잡아봐라.
**윤지:** (뒤따라) 달리기도 못하는 게.

민식, 앞서 뛰지만 윤지가 빠르게 따라잡는다.
그 사이로 승빈이 뛰어들어온다.

**승빈:** 니들 뭐하냐?
**민식:** 어, 승빈이가 왔다.
**승빈:** 내가 말했지? 캠프 폭파하러 돌아온다고?

모래밭을 마구 달리는 민식과 윤지와 승빈.
그러다 누군가 모래밭에 철퍼덕 넘어지고 푸하하하
이들 너머로 노을 진다.
-끝-

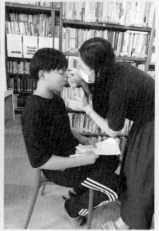

# 영상 속
# 우리 이야기

뜨거웠던 여름, 남원, 순창, 고창, 임실 네 지역 모든 영화캠프가 끝이 났다. 낯선 사람들과 영화라는 낯선 장르를 배우며, 낯선 시선으로 바라보는 시간을 가진 친구들은 어쩐지 마지막이 마지막처럼 느껴지지 않는 듯하다. 여전히 긴 여운을 간직한 채 여름 방학 동안 있었던 영화캠프를 되새기며 학교생활을 하고 있는 친구들에게 캠프 소감을 물었다.

# 서로 도우며 배울 수 있었던 시간
— 정소민(남원국악예술고등학교 2학년)

처음 영화캠프가 있다는 소식을 듣자마자 뭔지 설명을 듣기도 전에 그냥 끌렸다. 무대연기 전공인 나에게 이런 영화현장 체험은 해보지 못한 경험이라 너무 궁금했다. 오윤덕 팀장님이 학교에 찾아와 캠프에 대해 설명을 해주셨고, 이전에 순창에서 학생들이 만든 영화를 보고 나니 더욱 하고 싶어져서 바로 신청서를 제출했다.

솔직히 말하면 여균동 감독님에 대해서도 잘 알지 못했고, 면접을 볼 때까지만 해도 감독님을 알아보지 못했다. 그런데 만나자마자 직감적으로 아, 저분이 감독님이구나 하는 생각이 들었다. 첫 수업 때는 내가 생각했던 영화감독님과는 많이 다르다고 생각했지만, 수업을 들으면서 진짜 영화감독님은 저렇구나~라는 생각이 들었다.

많은 선생님들을 만나고 영화를 만드는 과정을 알게 되면서, 영화제작이 내가 생각했던 것보다 훨씬 더 많은 시간과 노력이 들어간다는 사실을 알게 되었다. 특히 시나리오 작업은 정말 너무 힘든 시간이었던 것 같다. 나의 아이디어로 영화를 만드는 것은 신나지만 그러기 위해서는 내가 짊어지고 가야 할 것들이 너무 많을 것 같다는 생각에, 나는 일찌감치 포기하고 다른 친구들의 의견을 도와주기로 했다. 처음에는 아무 말 없이 그냥 앉아 있었지만 진짜 영화를 만들 팀으로 나누어지고 친한 아이들과 붙어 있으면서 의견을 많이 냈다. 서로 대화하면서 여러 명의 생각을 듣고 내 의견을 많이 냈다. 서로 대화하면서 여러 명의 생각을 듣고 내 의견을 덧붙이면서 시나리오를 만드는데, 그냥 이야기만 만드는 것이 아니라 인물의 관계나 이런 구체적인 것까지 생각을 해야 해서 많이 어려웠다. 나는 '스크립터'라는 스태프 일을 맡았는데, 처음 들어보는 역할이었지만 나중에 편집하면서 '이 스크립터가 아니었다면 편집이 어렵겠구나'라는 생각이 들었다. 매 테이크마다 하나하나 다 적으면서 컷을 구분해야 했고, 그렇기에 촬영현장에서 떨어지면 절대 안 되는 역할이었다. 항상 구석에서 감독의 말을 들으며 테이크를 구분했고, 촬영 끝으로 갈수록 점점 힘들었던 것 같다.

그런데 이보다 더 힘든 작업이 있었다. 바로 편집…. 진짜 다 처음 해보는 작업이었는데 편집은 진짜 역대급으로 너무 어려웠다. 우리가 편집으로 틀을 잡으면 선생님께 마무리를 해주시고 그것을 가지고 상영회를 한다고 하는데, 우리가 잘해야 선생님께서도 우리가 무엇을 전하고자 하는지 아실 것 같아 정말 열심히 했다. 우리가 편집한 버전으로 우리끼리 상영회까지 했다. 거의 두 달이라는 시간을 주말마다 쉬지도 않고 나가면서 학교 일과 캠프까지 참여하기가 솔직히 말해 좀 버겁고 힘들기도 했다. 하지만 내가 선택을 했고, 내가 선택한 것에 대해 후회하는 행동은 하고 싶지 않았다.

캠프가 끝났지만, 다음 주면 또 가야 할 것만 같은 기분이었다. 캠프를 하는 두 달 동안 집에도 가지 못해 한계까지 갔지만 옆에 있던 친구들 덕분에 견딜 수 있었고, 함께해주신 감독님과 선생님들께 감사의 말씀을 전하고 싶다. 다들 너무 감사했습니다!

# 진짜 영화를 만드는 과정이었다
— 안성연(남원서진여자고등학교 3학년)

　마지막으로 상영회까지 하고 나니 뿌듯함과 허무함이 동시에 남는 것 같다. 나는 이 영화캠프에 참여하면서 느낀 게 엄청나게 많다. 마지막 날 그래도 함께했던 친구들이랑 소감 나누고 서로 수고했다고 하면서 마무리하고 싶었는데(코로나 때문에) 그렇지 못해 아쉽다.

　사실 <꿈이나 꾸는 거지, 뭐>는 나의 실제 이야기를 그려낸 거라 영화를 만드는 내내 묘한 감정이 많이 들었다. 영화 속 주인공처럼 가난함을 숨기려는 게 내 모습이니까. 그런데 영화를 만들면서 내 가난함을 얼떨결에 다 이야기하고 있는 것을 발견했다. 내 주변인들에게까지도. 뜻밖의 공간에서 내가 그동안 숨기려 했던 트라우마를 극복하게 될 줄은 꿈에도 몰랐기에 신기하기도 하고 감사하기도 한 기분이 든다. 감독님께서 영화를 만들 때 '자기 얘기를 하라'고 하셨는지 그 이유를 알 것 같다. 작업 과정에서 시나리오가 많이 바뀌고 소중한 친구들의 아이디어와 노력이 수없이 덮어질 때는 허무하고 화가 날 때도 있었지만, 이런 게 진짜 영화를 만드는 과정이구나를 느끼기도 했다. 너무나 큰 경험이었다.

　아쉬운 점이 있다면 영화캠프 안에서 많은 친구들의 색깔이 돋보이지 못했다는 것이다. 자신의 매력을 마음껏 펼치지 못한 친구들도 많고 학생들의 순수한 상상력이 영화에 많이 반영되지 못했다는 점도 아쉬움이 남는다. 나는 이제 청소년영화캠프에 참여할 기회가 없겠지만, 앞으로 이런 캠프가 있다면 계속 관심 있게 바라볼 것 같다.

두 달 가량 주말을 쏟아 부으면서 많은 경험하게 해주신 감독님과 스태프 분들께 감사하다고 전하고 싶고, 이런 나의 소감이 이어질 프로그램에 좋은 영향을 미쳤으면 좋겠다.

## 긴 여운이 남는 끝이 아닌 끝
— 오윤지(남원여자고등학교 2학년)

이번 프로그램에 참여하는 과정이 누군가에게는 힘들었을지도 모르지만 저는 너무 즐거웠던 것 같아요. 몰랐던 분야에 대한 지식과 경험을 쌓고 어디서도 하지 못할 수업과 체험으로 매주 주말에 많은 것을 배웠어요! 그중 제일 뼈저리게 느낀 건 다른 드라마나 영화를 보면서 절대 연기력을 가지고 (쉽게) 말하지 않겠다는 것, 그리고 어떤 막장 영화든 영화관에서 표를 이미 구입했다면 꼭 끝까지 다 보는 것, 쉽게 판단하지 않겠다는 것.

너무 행복한 경험이었고 다음에도 이런 기회가 저에게, 또 이번 프로그램에 참여한 친구들에게 왔으면 좋겠어요. 두 번째 때는 정말 더 잘할 수 있을 것 같은데….

제 아이디어나 다른 친구들의 재치 있던 아이디어를 전부 영화화하고 싶다는 미련이 남아요. 이런 값진 경험을 하게 해주신 모든 분들 너무 감사드리고 앞으로도 이런 경험을 할 수 있는 기회가 또 만들어지고 많은 사람들이 그 기회를 잡을 수 있길 바랍니다.

# 어려움과 즐거움이 공존했던 여름방학

— 이예준(임실지사중학교 1학년)

2주 동안 길고도 짧은 영화 캠프를 마치고 난 뒤 처음에는 방학을 2주나 잡아먹어서 싫었지만, 하고 나니 정말 재미있고 좋은 시간이었다. 처음 1주일 동안은 강의만 해서 재미가 없었지만 그래도 듣고 실습할 때는 재미있었다. 나는 <탐정과 소년들>에서 이안이라는 캐릭터를 연기했는데 좋은 선택이었다. 그리고 <반려좀비>에서는 엑스트라로 딱 한 번 나왔다. 영화캠프에서 다른 중학교 친구들도 만났는데 그중에 두 명은 학당에서 본 적이 있는 반가운 얼굴들이었다. <탐정과 소년들>을 촬영할 때는 거의 실내에서 촬영해서 좋았지만 <반려좀비>는 다 야외 촬영이라서 더웠다. 하지만 더워도 좋은 시간이었다. 나는 처음 강의 중에서 음향 강의가 가장 쉬웠고 조명이나 촬영 강의가 가장 어려웠다.

이번 계기로 인해 여균동 감독님도 알게 되었다. 영화란 무엇인가도 알게 되었고 정말 알찬 시간이었다. 나중에 여균동 감독님 영화를 한 번 봐야겠다는 생각도 들었다. 우리 학교 중에서는 10명이 참가하였고 관촌, 청웅중에서는 각각 2명씩 참가하였다. 그렇게 총 14명이 참가했다. 나는 이 14명 중에 정말 배우가 나올 수도 있다는 생각을 했다. 나중에 또 기회가 있다면 참가하고 싶은 마음이 있다. 그곳 선생님들도 다 친절하셨고 좋았다. 그 선생님들과 2주 동안 힘들었을 텐데 정말 모든 분들에게 다 고마웠다고 전해드리고 싶다.

# 난 편집왕!
— 노승찬(임실 청웅중학교 1학년)

나는 아빠의 추천으로 중·고등학생을 대상으로 하는 '우리 영화 만들자'에 참여하게 되었다. 신기했던 것은 생에 첫 면접을 보는 것이었다. 그렇게 차 안에서 많이 떨었는데 막상 면접을 해보니 너무 안 떨려서 당황했다.

드디어 캠프가 시작됐다. 민호랑 나랑만 같은 중학교고 다른 중학교는 친한 사람이 거의 없었다. 그래서 첫날은 사람들을 알아보는 시간으로 조용했었다. 하지만 지사중 형, 누나, 친구들이 잘 대해줘서 빠르고 쉽게 친해질 수 있었다. 그렇게 우린 좋은 분위기로 영화 주제를 정했다.

난 개인적으로 이때가 가장 머리 아팠던 순간이었다. 아무것도 정해진 게 없는데 탄탄한 주제를 정해야 된다는 생각을 했기 때문이다. 하지만 감독님, 박윤 작가님이 말하신 대로 머릿속에 있는 작은 단어를 말해보았다. 그건 바로 '마스크'였다. 마스크를 정한 이유는 코로나로 인해 답답한 상황들 중 가장 대표적인 문제점이었기 때문이다. 우리는 마스크반려좀비 두 주제로 결정되었다.

시나리오 쓰기는 나에게 강한 것 같다. 6학년 때 글을 많이 써서 그런지 내 머릿속에 이야기가 술술 나와서 글로만 쓰면 되는 듯한 느낌을 많이 받았다. 나는 전 이야기가 더 좋은 것 같은데 모둠들이 시나리오를 바꿔버릴 때, 등등 시나리오를 얘기하면서 내가 원하는 대로 안 될 때도 있었다. 그때는 무섭게 달려들어서 반대할 수도 없이 진행했다. 특히 기억에 남는 것은 11시 30분까지 시나리오 작업을 하는 것이 기억에 남았다.

이번에 캠프를 하면서 제일 아쉬웠던 것은 주인공(배우)이 안 된 게 가장 아쉬운 것 같다. 5학년 때 학교에서 영화를 찍은 적이 있었다. 그때 난 주인공이었다. 내가 특히 주인공을 좋아하는 이유는 말할 대사가 많기 때문이다. 이번에는 대사가 없는 좀비 역할을 해서 아쉬웠다.

마지막! 난 편집 왕이다. 영화에 대한 거의 모든 것을 잘하지만 더 잘하는 것은 편집인 것 같다. 편집이 재미있는 점은 한 영상을 다른 시선에서 자연스럽게 이어지게 하는 것이 재미있다 이번에 편집을 하면서 힘든 점은 당연히 있었다. 귀가 아프고 눈도 아프고 특히 모둠이 어떻게 하면 좋을지 의견을 안 내주어서 힘들었다.

순창동계청소년영화캠프 newsletter

97

98

'우리영화만들자' 청소년영화캠프에는 숨은 주역들이 존재한다. 영화를 만들어보고자 캠프에 온 아이들에게, 이들이 조금이라도 덜 헤맬 수 있도록 도와주는 강사진들이다. 이들은 영화계에서 여전히 활동하고 있는 전문가로, 자기만의 신념과 개성을 가지고 여기까지 왔다. 어쩌면 영화계 후배가 될지도 모를 청소년들에게 배움을 주고, 또 받기도 하며 이번 캠프를 이끌었다. 캠프가 진행되는 기간 동안 강사진들을 만나 각자가 생각하는 영화에 관해, 그리고 영화캠프에 관해 대화하는 시간을 가졌다.

# 시간에 쫓길지언정
# 영화는 나를 행복하게 한다

지난해 가을, 책마을해리에서 제5회 책영화제가 열렸다. 이번 영화제는 '로컬, 청소년, 영화만들기'라는 주제를 품고 진행되었다. 주제가 주제이니만큼 지역에서 청소년들과 동고동락하며 영화를 만들고 있는 '우리영화만들자 사회적협동조합(이하 우영자)'의 여균동 감독과 청소년들이 만나는 시간을 마련했다. 행사장에 모인 여 감독과 지역 청소년들은 영화를 중심으로 약 한 시간가량 이야기를 나눴다.

**감독님에게 영화란 무엇인가요?**

음, 그건 사는 게 뭐냐고 물어보는 것과 마찬가지인 것 같은데?(웃음). 영화에 대한 생각은 나이를 먹으면서 계속 바뀌었던 것 같아요. 처음에는 뽀대(?)난다고 생각했어요. 영화는 커다란 그릇처럼 느껴져서 좋아요.

**어디에서 주로 영감을 얻나요? 영화도 많이 보시나요?**

영화감독에는 두 가지 패턴이 있는 것 같아요. 영화를 정말 많이 보는 사람, 전 세계 영화를 씹어 먹을 듯 보는 사람과 거의 안 보는 사람. 영화를 거의 안 보는 사람은 내 영화에 영향을 끼친다고 생각해서 다른 영화를 안 보죠. 나의 경우에는 후자에 속해요. 영화를 보면 그 영화가 일주일 내내 생각이 나더라고요. 〈매트릭스〉가 처음 개봉했을 때 영화관에 가서 보고 일주일 내내 생각이 났어요. 시나리오를 써야 하는데 계속 〈매트릭스〉만 생각만 나더라고요. 〈터미네이터〉가 처음 나왔을 때도 정신이 사나웠고. 그런데 영화라는 게 〈매트릭스〉, 〈터미네이터〉 같은 것만 있는 것은 아니에요. 여러분들이 만든 〈여름이었다〉처럼 아기자기한 매력의 영화도 있고 다양해요. 영화를 많이 보는 것도 좋지만 책을 많이 읽는 것도 아주 중요해요.

영화는 이야기를 영상으로 담는 거잖아요. 책을 읽으면서 각자의 이야기를 생각해보는 거죠. 책도 많이 읽고, 영화도 많이 보다 보면 원하는 것을 찾을 수 있을 거예요. 각자가 좋아하는 영화가 있을 거라고 생각해요. 그걸 만들면 되는 거예요. 영화는 세상을 담는 그릇인 거죠. 그래서 저는 영화가 좋아요.

**영화보다는 책을 많이 읽으라고 했는데, 감독님이 읽은 책 중에 영화로 만들어진 게 있나요?**

내 영화의 경우에는 책이 하나씩 다 있어요. 예를 들면 〈1724 기방난동사건〉이라는 영화는 한 학자가 조선의 뒷골목에 대한 내용을 쓴 책을 가지고 영화로 만들었어요. 또 롤랑바르트의 『사랑의 단상』을 읽고 〈미인〉이라는 영화를 만들기도 했고요. 영화감독을 하려면 자기가 만들고자 하는 이야기에 박사 정도는 되어 있어야 해요. 〈인터스텔라〉나 〈마스〉 같은 영화를 만들어야 하는 감독이라면 우주, 화성, 외계에 대해 누구보다도 똑똑해져야 하는 거죠. 상상력은 지식 위에 있는, 지식을 기반한 생각이에요. 그러니까 상상을 하려고 해도 기본적인 배경지식이 있어야 가능한 거죠. 지식이 부족하면 상상력을 발휘하기가 어려워요. 어떤 영화를 찍을 적에는 책을 정말 많이 읽었어요. 자기가 관심 있는 책을 읽으면 그 책이 다음 책을 이야기해줘요. 책을 많이 읽으면 지식 있는 사람이 되는 게 아니라 지혜로운 사람이 돼요.

**몇 살에 감독이 되셨나요?**

조금 뒤늦게 됐어요. 서른다섯, 여섯에 결혼을 하고 이것저것 하다가 더 나이가 들면 감독이 안 될 것 같더라고요. 그래서 모든 것을 포기하고 정리했어요. 그때는 사진을 찍고 있었는데 필름과 카메라를 주변에 다 주고 영화를 시작했어요. 1년이란 시간이 늦으면 손해 보는 것 같고 조급했었죠. 그런데 생각해보면 강박을 가지거나 조급해할 게 아니었던 것 같아요. 그동안 경험하고 배워왔던 게 결국에는 영화를 하는 지금 많은 도움이 됐으니까요. 영화 일을 하기 전에는 문화예술에 관심이 많아서 출판사에서 편집자 일도 했고, 춤도 췄고, 국립극장에서 공연도

했었어요. 사진, 그림, 연극도 해보고 이것저것 다 해봤는데, 결국 이걸 다 합한 게 영화라는 생각이 들어서 영화를 찍게 된 거죠.

**감독님의 취미 생활은 무엇인가요?**

아주 쉬워요, 자는 거예요. 하루 종일 누워 자요. 학교 다닐 때도 수업시간에 잤어요. 요즘도 자요, 시간만 나면. 자면 눈감고 머릿속에 생각이 다 그려져요. 그냥 잠만 자는 게 아닌 거죠. 촬영현장에서 스태프들이 신경 써야 할 게 내 침대예요. 나는 누워서 생각을 정리하거든? 그래서 늘 현장에 침대가 있어야 해요. 머리로 생각하는 걸 제일 좋아해요.

**감독님만의 첫 작품을 완성했을 때 기분은 어떠셨나요?**

〈세상 밖으로〉라는 작품이 내 첫 작품인데, 고창에서 찍은 거예요. 아산면, 동호해수욕장, 심원, 무장, 공음 등에서 영화를 찍었어요. 영화 내용은 탈옥을 한 게 아니라 탈옥이 되어버린 수감자의 이야기예요. 첫 작품을 고창에

서 찍어서 그런지, 이곳에 제2의 고향 같은 느낌이 있어요. 맨 마지막 장면이 바닷가인데 고창에서 영화캠프 진행할 때 그때 생각이 나더라고요.

**작품 중에 제작이 가장 오래 걸렸던 영화는 무엇이 있나요?**

나는 굉장히 운이 좋았던 사람이에요. 만들고 싶었던 영화를 그냥 찍었거든요. 별로 어려움이 없었던 것 같아요. 그럼에도 한 작품 하는 데 3년 정도 걸린 거 같아요. 기획하고 시나리오 짜고 배우 구하고, 찍고. 극장에 걸리기까지 오래 걸린다 싶으면 3년 정도? 그 정도가 제일 길었던 것 같네. 내 영화 경력이 35년인데, 여덟 작품 찍었으니, 생각해보면 작업 기간이 오래 걸렸다고 봐야겠네요. 그런데 아직까지도 자기 영화 한 편 못 찍는 사람들도 있어요. 우리가 봉준호 감독 영화나 〈오징어게임〉 같이 성공한 것만 봐서 그렇지, 정말 어려운 환경 속에서 꿈을 키워나가는 사람들이 많아요. 성공한 사람들 뒤편에는 더 많은 사람이 영화에 대한 꿈을 갖고 도전하고 있어요. 영화를 한다는 게 쉬운 일은 아니죠. 누군가 "나 커서 영화

할 거야"라고 하면 "어 그거 좋지!"라고 응원하겠지만 참으로, 참으로 힘든 길이에요.

## 어떤 요소를 포함한 영화가 좋은 영화인가요?

일단 좋은 영화가 되려면 이야기가 중요해요. 이야기가 새로워야 하죠. 이야기가 새롭다는 게 쉬운 말 같지만 정말 어려워요. 전 세계에서 1년에 영화가 몇 편 만들어 질 것 같아요? 새롭다고 만들어진 이야기가 아마 10만 개 정도가 나올 거라고 생각해요. 인간이 이야기를 만들어내기 시작한 지 천년 역사를 가졌다고 생각해 봅시다. 그럼 지금까지 나온 게 몇 개일까요? 셀 수도 없을 만큼 어마어마하죠? 그만큼, 이야기를 새롭게 만드는 것은 굉장히 어려운 일이에요. 이미 수없이 많은 이야기가 나온 세상에 또 다른 새로운 이야기를 내놓는다는 건 결코 쉬운 일이 아닌 거죠. 그리고 자신만의 스타일도 있어야 해요. 임실 영화캠프 때 반려좀비에 대한 영화가 나왔어요. 여태까지 좀비를 기르는 이야기는 없었어요. 이게 바로 새로운 이야기인 거죠.

**여태까지 만든 작품 중 가장 히트한 작품과 아쉬운 작품은 무엇인가요?**

나는 히트하고는 거리가 먼 감독이에요. 물론 첫 영화는 아주 히트 쳤어요. 그 다음부터는 히트와는 거리가 멀고 갈수록 작은 영화를 만들었죠. 영화는 잘되고 안 되고를 떠나서 만들고 나면 다 아쉬워요. 그렇지만 영화를 만들면서 점점 더 영화가 좋아지고 영화한다는 것 자체에 자부심을 느껴요. 저한테 영화는 사람들이 많이 보는 게 중요한 건 아니에요. 내 이야기를 많은 사람들이 좋아할 거라고 생각하지 않아요. 하지만 내 이야기에 공감하고 좋아하는 사람이 꽤 있을 거라 생각하며 영화를 만들고 있는 거죠. 지금 15세 이상 관람가인 영화를 한 편 찍고 있어요. 참 졸기 좋은 영화예요. 졸고 싶으면 보러 오세요.

**영화 일을 하면서 힘들었던 때는 언제였나요?**

사실 매번 힘들지. 남들에 비해 힘들었던 적은 없는 거 같지만, 내가 영화를 좋아해서 찍기 전에는 영화 찍는 게

늘 힘들었어요. 영화 만드는 일을 쫓기듯이 했죠. 근데 조급함을 버리니까 행복해지더라고요. 불행했을 시기에는 모든 게 힘들고 잠도 안 오고 술도 많이 먹고 힘들죠. 그럴 수밖에 없어요. 반면에 자기가 좋아서 하는 일을 하는데 정말 힘들까? 난 아닐 거라고 생각해요. 내가 좋아서 보여주고 싶은 영화를 만들 때는 행복해요. 행여 쫓기더라도 즐거워서 일하면 행복하다고 믿어요.

**영화를 만들다보면 소통하는 과정에서 부딪치기도 하고 갈등을**

**겪기도 하는데 이런 부분을 어떻게 조율할 수 있을까요?**

영화감독을 한다는 건 30가지 정도의 그룹을 이끌 수 있는 능력이 있어야 해요. 30개의 욕구를 조종, 조정할 수 있는 능력을 가진 사람이 감독이 된다고 생각해요. 수만은 눈이 나를 바라봐야 하는데 다 다른 곳을 바라보고 있다? 그럼 영화가 산으로 가는 거죠. 영화적 지식, 이야기를 만드는 재능, 많은 것들이 필요하겠지만 현장을 이끄는 힘도 중요하고 사실 이게 가장 어려운 거죠. 그리고 절대 흔들리지 말아야 해요. 어떤 상황이 왔을 때 감독이 흔들리거나 떠는 모습을 보인다면 그 정권은 무너진 거라고 봐야죠. 각자 하고 싶은 것을 조율하는 일도 한 나라를 다스리는 것만큼이나 어려운 일인 거예요.

# 서로 다른 언어가
# 하나의 작품이 될 때

처음 만난 박윤 작가는 대단히 단단해 보이는 사람이었다. 이야기를 나누는 와중에도 그 생각은 변하지 않았다. 확고한 자기 생각을 가진 사람이었고, 그래서 그의 생각을 엿보는 게 즐거웠다. 자기만의 글을 쓰고 그 이야기를 영화적 언어로 표현해내는 사람이어서인지는 모르겠다. 캠프에서 청소년들과 어울리는 일에도 단순히 가르침의 상하 관계를 나누는 것이 아니라 서로 보고 배우는 것이라 이야기하는 그에게서 자유로움을 뛰어넘는 활기가 느껴졌다.

**안녕하세요, 작가님. 간단하게 자기소개를 부탁드릴게요.**

네 안녕하세요, 시나리오 작가로 활동하고 있고 우리영

화만들자 캠프에서 시나리오 부문 강사진으로 활동하고
있는 '박윤'이라고 합니다.

**시나리오 작가로 활동한 지 얼마나 되었나요?**

2003년에 영화진흥위원회 시나리오 공모전에서 당선되
면서 입봉했어요. 〈경축 우리 사랑〉이란 작품인데, 당시 시
나리오 제목은 '우리 사랑 이대로'였어요. 그 이후로는 〈우
리 학교 E.T〉 등 여러 작품에 참여했죠. 각색 작업도 하고
각본 작업도 하고요. 지금 촬영 중인 게 하나 있는데, 내년
에 개봉 예정이에요.

**시나리오 작가, 혹은 이야기를 만드는 사람이 되고 싶었던 이유
가 있나요?**

이야기를 만다는 사람보다는 그냥 영화를 하고 싶다는
게 먼저였어요. 어려서부터 글은 늘 썼지만 그게 이야기를
쓰고 싶은 욕망으로 이어지지는 않았어요. 결정적 계기는
대학교 졸업할 무렵이었던 것 같아요. 학교에서 정치외교
학을 전공했는데, 부천판타스틱영화제가 1, 2회 진행되던

때에 영화제 자원봉사로 활동을 했죠. 영화를 마음껏 볼 수 있다는 점 때문에 시작했는데, 정말 영화를 밤새도록 볼 수 있었어요. 너무 재밌었죠. 그래서 영화가 하고 싶어 졌고 지금 이렇게 영화 일을 하고 있어요.

**부천판타스틱영화제 자원봉사를 계기로 영화계에 뛰어든 건가요?**

그렇죠. 그냥 재미삼아 자원봉사를 지원한 건데, 거기서 만난 사람들 모두 영화를 좋아하는 친구들이었어요. 그 친구들과 단편영화를 만들었고 이후 다른 팀에서 스태프 로 일하면서 영화의 길로 접어들었어요. 그러다 누가 한 국예술종합학교 입학원서를 사다줘서 그냥 썼는데, 그게 덜컥 됐어요. 2002년에 입학해서 2005년에 졸업했죠. 그 학교 들어가기 전에 혼자 장편 시나리오를 써봤는데 재 밌더라고요. 현장 스태프는 육체적으로 힘들고 욕도 많이 먹는데, 시나리오는 혼자 쓰는 거니까 어떻게 써도 누가 뭐라 하지 않아서 좋았어요. 학교생활도 너무 재밌었어요. 인생에서 가장 즐거웠던 때를 꼽으라면 그때일 거예요. 정 말 마음대로, 하고 싶은 것을 다 했던 시기였거든요.

**작가님이 좋아하는 영화감독도 궁금하네요.**

데이비드 크로넨버그 감독 영화를 좋아해요. 〈크래쉬〉, 〈엑시스텐즈〉를 좋아하고, 김기영 감독 영화도 너무 좋아해요. 최근에 자주 보는 건 〈심야식당〉이에요. 한 열 번은 더 본 것 같아요.

**시나리오 작가로서 느끼는 시나리오 작가의 가장 큰 매력은 무엇일까요?**

저는 그게 제일 좋아요. 구구절절 설명하지 않아도 된다는 점. 그게 시나리오 작가의 매력이라고 생각해요. 내 글이 작업을 통해 영화화되고 그 영화를 보며 사람들이 저마다 이해하고 해석하는 거죠. 또 내가 머릿속으로, 글로 그렸던 것들이 현장을 거쳐 배우들을 통해 완성될 때의 짜릿함이 있어요. 그것도 시나리오 작가라는 직업의 매력인 것 같아요.

**개인적인 생각인데, 누구나 글을 쓸 수 있지만 이야기를 만드는 일은 어쩐지 타고난 재능이 필요한 일처럼 느껴져요. 작가님은 글**

**쓰는 일과 이야기를 만드는 일에 대해 어떻게 생각하세요?**

이야기하는 재능이 특정 누군가에게만 주어진다고 하기에는 조금 어려운 감이 있는 것 같아요. 우리는 무의식적으로 계속해서 대화를 통해 이야기를 만들고 있다고 생각해요. 지금도 우리는 대화를 하면서 이야기를 만들고 있는 거잖아요. 제 생각에는 재능이라는 게 재미일 수도 있는 것 같아요. 재미를 느끼니까 그것을 계속 느끼고 싶어서 이야기를 자꾸 만들어내는 거죠. 이건 글, 이야기에만 국한되는 게 아니라 글을 쓰는 것 외에도 내가 무엇을 재밌어 하는지 촉을 세우고 있는 게 중요한 것 같아요.

맞는 말이네요. 재미와 흥미를 느끼는 것 자체가 재능일 수도 있다는 생각은 안 해봤어요. 우리는 매일 무의식적으로 이야기를 만들어내지만 그럼에도 새로운 이야기를 써 내는 것에는 늘 어려움과 긴 고민의 시간이 따를 것 같아요. 영감을 받는 지점이나 이야기를 만드는 일이 조금 수월해질 수 있도록 하는 작가님만의 루틴이 있나요?

그런 건 따로 없어요. 그냥 글이 막히면 막히는 거죠. 그래도 될 때까지 써보고 안 되면 접어요. 잠시 글 쓰는 걸 접고 돌아다닌다거나 뭔가 다른 걸 해요. 그래야 다시 글을 쓸 힘과 생각이 길러지는 것 같아요. 대부분 영감은 여행에서 많이 얻어지는 것 같아요. 원래도 여행을 많이 다니는 편인데, 여행지에서 낯선 사람을 만날 때면 그게 글의 원천이 될 때가 많죠.


**보통 영감이 떠오르면 어떤 식으로 이야기가 구성되나요?**

글을 쓸 때 어떤 정해진 패턴은 없어요. 처음과 끝이 한 번에 떠오를 때도 있고, 분명 좋은 뭔가 있는데 그 떠오른 게 뭔지 알 수 없는 때가 더 많은 것 같아요. 물론 장르가 정해지지 않아서 힘들 때도 있어요. 저는 사람들과 약속

된 언어를 쓰지 않으니까요. 누군가 선을 넘는 이야기를 좋아한다고 말해도 그 '선을 넘는다'라는 문장의 뜻은 여러 가지니까요.

계속해서 작가로 일하기 위해서, 이야기를 만들어내는 사람이 되기 위해서 필요한 노력은 무엇이라고 보세요?

우리가 계속 사는 것과 마찬가지로 계속 글을 쓰는 건 너무 당연한 거고, 우선 익숙해지지 않으려고 해요. 생활 패턴도 그렇고 생활도 그렇고 전체적인 부분에 해당하는 이야기예요. 물론 쓰는 방식도 그렇고요. 기계적으로 글을 쓰고 있다고 생각되지 않도록 익숙해지지 않으려고 하는 것 같아요.

익숙해지지 않도록 의식하는 것, 이건 정말 창작자 외에도 모든 사람에게 적용되는 이야기네요. 그럼 지금 시나리오 작업을 하면서 영화캠프 강사진으로도 참여하고 계신데, 어떻게 인연이 되어 참여하게 되었을까요?

여균동 감독과 처음 만난 건 올해 2월이에요. 처음에

전화가 왔었죠. 우영자 캠프 편집 감독으로 있는 엄윤주 감독과 같은 학교 선후배이기도 하고 둘 다 근처에 살아요. 엄윤주 감독이 순창에서 캠프를 하고 있는데 시나리오를 쓸 사람이 필요하다는 이야기를 하더라고요. 마침 저도 귀촌을 알아보고 있었고, 감독님한테 이야기를 들어보니 이곳에 빈집이 많다고 하더라고요. 순창은 한 번도 안 가본 곳이고 일주일 동안 그냥 노는 거라고 하니까, 거기에 혹해서 참여하게 됐죠. 첫날 수업 참관을 하고 여균동 감독님이 "내일부터 일할래? 해서 시작했어요.

**아이들과 함께 어울리며 시나리오에 관한 수업을 하는 일은 어떤가요? 캠프를 하면서 느낀 소감이 궁금해요.**

가르치는 일은 한 번도 생각해 본 적 없었고, 가르치는 일이 적성에 맞는다고도 생각해 본 적 없어요. 지금도 잘 맞는다고는 생각하지 않고요. 가르치는 게 아니라 내가 이 친구들을 본다, 바라본다는 생각으로 하고 있어요. 그 친구들 역시 나를 바라보는 순간을 가지고 있다고 생각해요. 교육적인 건 아직도 잘 모르겠어요. 그냥 나쁜 말

을 하지 않고 솔직하게 대하려고 애를 쓰고 매번 다른 방식으로 아이들에게 이야기를 전달하고 있어요.

**청소년 친구들과 꽤 긴 시간 함께하는 일이 처음이라 익숙하지 않을 텐데, 아이들과의 생활은 어떤가요?**

어쨌든 저는 여기에서 선생님으로 있는 거고, 시나리오 선생님은 저 하나니까 아이들이 저를 특별하게 생각해요. 그 아이들이 나를 특별하게 생각하는 게 종종 신기하면서도 고맙더라고요. 상대를 특별하게 생각하고 여기는, 그런 마음을 닮아보려 노력하고 있어요. 지금은 아이들이라는 표현을 쓰고 있긴 하지만, 저는 아이들을 아이라 생각하지 않아요. 나이가 다르고 생김새, 생각이 다른, 또 다른 친구라고 생각해요. 특별히 무언가를 가르친다기보다는 이야기를 같이 주고받는 사이라고 생각해요.

**아이들과 시나리오 작업을 할 때 마음가짐이라든가 혹은 중요한 포인트 등 아이들에게 강조하는 내용이 있을까요?**

당신들의 이야기, 각자 가진 이야기를 쓰라고 해요. 저는 그게 맞다고 봐요. 절대적인 건 아니지만 아주 작은 것이라도 아는 지점에서부터 상상하는 일이 가능하거든요. 내가 모르는 뭔가를 그리고 싶어도 처음 단초를 잡아야 하는 거죠. 그 단초는 내 주변이나 안에 있는 거라고 생각해요.

**시나리오 작가가 되고 싶은 아이들에게 조언을 해준다고 한다면 어떤 이야기를 전해주고 싶으세요?**

캠프를 하다 보니까 영화를 하고 싶어 하는 아이들은 많지만 글을 쓰고 싶어 하는 아이들은 전체에서 두 명 정도 있더라고요. 적은 인원이지만 그 친구들이 그 꿈을 계속 가지고 가서 좋은 시나리오 작가로 성장했으면 좋겠어요. 또 사람들과 커뮤니케이션이 좀 원활했으면 해요. 영화는 자기 혼자만의 세계를 구축하는 게 아니기 때문에 여러 사람과 이야기를 나눠야 해요. 글만 쓰는 게 아니라 이야기를 영화적 언어로 어떻게 구현할지를 고민해야 해요. 내 것만 고집한다면 좋은 시나리오를 쓰는 건 어려울 테니까요. 유연함을 가져야 한다고 이야기해주고 싶어요.

# 이야기에 관한 인간의 욕망, 그래서 우리는 끊임없이 표출해야만 한다

영화 촬영 현장에서 촬영과 조명은 실과 바늘처럼 늘 함께 간다. 빛의 예술이라고 이야기하는 두 분야는 빛을 가지고 이야기를 만들고 여러 감정선을 넘나든다. 빛이라는 재료 하나가 관객의 마음을 사로잡는다는 것이 굉장히 어렵지만 그 이상으로 매력적이게 느껴진다.

**안녕하세요, 두 분 모두 본격적인 인터뷰 시작에 앞서 자신을 소개해 주시면 감사하겠습니다.**

**제창규** 네, 2002년에 오명훈 감독님의 독립장편영화 〈선데이@서울〉이라는 작품을 시작으로 촬영감독 일을 하고 있습니다. 오명훈 감독님은 영상원에 다닐 시절에 제 은사

님이기도 했기든요. 그해에 대학원을 졸업하고 대학에서 학생들을 가르치고 있습니다. 지금은 영화 일을 프리랜서 개념으로 겸하고 있어요. 아무래도 영화는 기다리는 시간이 많기 때문에 다른 일을 병행하고 있습니다.

**김치성** 안녕하세요, 저는 영화 〈와이키키 브라더스〉를 시작으로 2000년도부터 영화 일을 시작했습니다. 영화 쪽 일을 한 건 이제 20년이 넘었네요. 촬영과 조명 같이 오가며 일했습니다. 영화 일 말고도 2016년에는 3D 관련 사업을 하기도 했고요. 지금은 제창규 감독님처럼 2010년부터 강사 일을 하고 있습니다.


**영화캠프 강사진에 대한 이야기에 앞서, 영화인으로서의 두 분 이야기를 조금 더 듣고 싶어요. 어쩌다 영화 일을 시작하게 됐는지, 각자의 이야기가 궁금합니다.**

**제창규** 원래는 미대 회화 학부를 전공했는데 미디어에 관심을 가지게 됐어요. 유학을 준비하던 참에 한국예술종합학교가 생겼다는 이야기를 듣고 사진, 비디오를 공부해서 개인 작업물을 챙겨야겠다고 생각해 입학하게 됐죠.

그러다 영화계로 빠져버렸고요. 영화라는 공동작업을 통해서 어려움과 희열 두 가지를 느껴요. 그 매력 때문에 계속해서 영화 일을 하고 있어요.

**김치성** 평생 내가 무엇을 하면서 살면 행복할까를 고민했어요. 군대 다녀오고 내가 하고 싶은 일을 해보자고 생각해서 영화 쪽 일을 시작했죠. 학부 때는 문헌정보를 전공했어요. 문헌정보학과에 간 것도 좋아하는 관심사를 찾기 위한 일이었어요. 도서관이 미로 같잖아요? 내가 좋아하는 관심사를 찾아갈 수 있다고 생각했죠. 제대 후에 심리학과로 전과하려고 했는데 생각해보니 심리학과와 문헌정보학 사이에 영화가 있다는 생각이 문득 들더라고요. 영화 안에는 글과 이야기가 있고, 사람의 감정, 심리도 담고 있으니까요. 어떻게 보면 융의 심리학을 보면서 나의 궤적을 찾다가 영화판에 들어선 거죠. 그래서 그때 영화를 만들어야겠다고 생각해 독립영화 단체를 돌아다니다가 영화 〈와이키키 브라더스〉로 일을 시작하게 됐죠.

**영화를 찍는 일은 합의가 필요한 일이기는 하지만 어느 정도 각**

자마다 자신의 취향, 색깔이 묻어날 거라고 생각해요. 두 감독님은 주로 어떤 느낌의 촬영 방식을 선호하시나요?

**제창규** 영화 〈8월의 크리스마스〉, 〈초록물고기〉를 찍은 고(故) 유영길 촬영감독님의 영향을 많이 받았어요. 그분이 찍은 영화를 보면서 촬영감독이라는 게 참 매력적인 직업이라고 느꼈죠. 그분이 가진 리얼리즘적 촬영 철학이나 기법 같은 영향도 많이 받았어요. 유영길 감독님은 장인의 느낌을 가진 예술가라고 생각해요.

**김치성** 저도 한국에서는 유영길 감독을 꼽고 싶어요. 그리고 외국 감독은 콘래드 홀 감독. 〈내일을 향해 쏴라〉, 〈아

메리칸 뷰티〉, 〈로드 투 퍼디션〉 같은 명작의 감독이죠. 유영길 감독님은 연출자가 원하는 결과물을 만들고자 하면서 그 안에 자신의 색을 녹여내는 데 탁월한 실력을 가지셨어요. 모두가 만족하는 결과물을 내놓으셨던 거죠.

**두 분은 그럼 어쩌다 영화캠프에 합류하게 되셨을까요?**

**제창규** 여균동 감독과는 계속 함께 영화를 해왔어서 잘 아는 사이예요. 여 감독이 순창으로 귀촌하면서 저한테 함께하자고 제안을 하면서 우영자에 참여하게 되었죠. 청소년을 대상으로 가르치는 건 처음이지만 대학에서 가르

치는 일은 계속해왔으니 어려울 건 없다고 생각했어요. 늘 전공자 위주로 가르쳐왔기 때문에 비전공자인 청소년을 가르치고자 하는 마음이 있기도 했고요.

**김치성** 저는 올해부터 우영자에 합류하게 됐어요. 사실, 지방에서 촬영을 한다는 이야기를 듣고 참여한 게 커요(웃음). 제가 원래 여기저기 돌아다니는 걸 좋아하거든요.


**비전공자를 가르치고자 하는 마음이 든 이유가 있을까요?**

**제창규** 우리가 글쓰기 공부를 하는 건 꼭 소설가가 되기 위해서인 건 아니잖아요. 소통의 수단인 거죠. 지금은 영상도 중요한 소통 수단 중 하나인데, 영화의 문법이나 어법을 익히면 영상적 소통이 조금 더 수월하지 않을까요? 꼭 영화를 전공하진 않더라고 소통의 하나로 배웠으면 하는 바람인 거죠.

**김치성** 제창규 감독님이 하신 말이 정말 중요하다고 생각하고 전적으로 동의해요. 지금 아이들은 영상이나 이미지를 가지고 커뮤니케이션 하는 능력이 출중해요. 우리가 아는 지식을 알려주면 아이들은 그걸 아주 쉽게 영상 언어로 접근하고 만들 수 있더라고요. 오히려 우리보다 더 창의적인 부분이 있어서 배우는 것도 많고요. 영화캠프는 이미지를 통해 커뮤니케이션하는 법을 배워나가는 거라고 생각해요. 삶을 꾸려나갈 때도 도움이 되고, 같이 생활하는 친구들하고도 소통 수단이 되죠. 우리는 매일 영상을 소비하지만 정작 만들어본 경험은 별로 없어요. 직접 만들어보고 방법을 터득하면 능동적으로 소통할 수 있어요. 그런 면에서 영화캠프는 방법을 터득할 수 있는 기회를 마련해 줄 수 있다는 게 좋은 것 같아요.

**직접 청소년들과 만나 함께해보니 어떠세요? 비전공자를 가르친다는 부담이나 어려움은 없을까요?**

제창규 아이들은 알려주지 않아도 알아서 잘 찍고 알아서 잘 이어 붙여요. 요즘 아이들을 보면 자기 생각을 말로 표현하는 건 잘 못하는데, 이미지를 활용한 소통은 굉장히 잘하더라고요. 편집 툴도 빨리 배우고요. 아이들과의 수업에서 중요한 건 툴을 가르쳐주는 게 아니라 영상에 대한 문법을 알려주는 거예요. 영상 매체에도 내재된

문법이 있고 그걸 아이들이 좀 더 쉽고 빠르게 습득할 수 있도록 가르쳐주는 게 우리의 역할인 거죠.

우리가 계속 말하는 법을 연습하다보면 세련되게 이야기할 수 있는 것처럼 세련된 영상 언어로 이야기할 수 있도록 가르치는 거죠. 일종의 치트키 같은 역할이라고 보면 될 것 같아요. 몇 십 년을 살면서 시행착오 끝에 알아온 것들을 아이들에게 전수하는 거죠. 우리가 겪어온 모든 시행착오를 아이들도 겪을 필요는 없잖아요.

**김치성** 아이들을 가르치는 건 생각보다 어렵지 않은 것 같아요. 지금 세대들은 스마트폰을 쥐고 태어난 세대라고 할 수 있잖아요. 그래서 그런지 영상언어 습득력이 우리들보다 뛰어나요. 2D와 3D는 언어적 차이가 커요. 영상은 눈으로 보고 인지하는 시간이 필요해요. 그래서 글과는 전혀 다른 문법을 가지죠. 젊은 친구들은 빠른 속도로 편집된 영상도 금방금방 이해하는 것 같아요.

**촬영과 조명에 대해 가르칠 때 가장 강조하는 것이 있나요?**

**제창규** 아무래도 빛의 조절을 가장 강조하죠. 빛을 조절하면서 이야기를 만들어내는 게 촬영이라고 생각해요. 사진이나 회화, 영상도 마찬가지로 빛의 예술이에요. 빛으로 만들어내는 이야기라고 생각합니다.

**김치성** 동감합니다. 빛을 잘 다룰 줄 알아야 해요. 빛을 통해 이야기와 분위기를 적절하게 전달할 수 있을 때 좋은 촬영자가 될 수 있다고 생각합니다. 그래서 촬영과 조명은 떼려야 뗄 수 없는 거죠. 늘 함께 가야 해요.

**마지막으로 영화 일, 특히 조명, 촬영 감독이 되고 싶다는 아이들**

에게 해주고 싶은 조언이나 당부의 말이 있을까요?

**제창규** 이건 조금 암울한 얘기로 들릴 것 같은데(웃음). 인공지능이 탄생하고, 한동안 미래에 사라질 업종에 관한 이야기가 많이 돌았잖아요. 저는 촬영감독이라는 직업도 이제 곧 없어질 거라 생각해요. 사람이 아니어도 충분히 가능한 일이니까요. 팬데믹 이후에 영화 산업이 많이 침체된 것도 사실이고요. 하지만 그게 꼭 몰락을 이야기한다고는 생각하지 않아요. 사람은 이야기를 만드는 존재이고, 이전에는 혼자서 모든 걸 할 수 없어서 여러 사람이 모여 한 편을 만들었지만, 지금은 혼자서도 가능한 시대가 되었으니까요. 인간이 가진 이야기에 대한 욕망은 계속 이어질 것이고, 다음 세대가 어떤 형식으로 이야기를 품어낼지 오히려 설레고 기대가 됩니다. 그런 부분에서 아이들이 계속해서 이야기를 만들어냈으면 해요. 그게 꼭 영화가 아니더라도, 자기 이야기를 말로든, 영상으로든 다른 무엇으로든 표현해냈으면 합니다.

**김치성** 영화는 객관적으로, 중립적으로 바라보면서 어떻게 전달할지를 고민하는 매체라고 생각해요. 남의 입장을

이해해야지 설득력 있는 무언가를 만들 수 있죠. 성찰을 하는 사람들, 그런 사람들이 있어야 훌륭한 글과 영화를 만들 수 있다고 생각해요.

또 영화는 철저하게 협업을 통해서 만드는 것, 기획부터 상영까지의 사이클을 거치면서 그 일원이 되어본다는 것, 공동 작업을 해본다는 것에 큰 의미가 있어요. 그런 경험이 아이들 성장에 좋은 양분이 된다고 생각합니다. 영화를 만들면서 가장 힘든 부분이기도 하지만 가장 매력적으로 느껴지는 게 바로 공동작업이라는 거죠. 실수를 하더라도 계속 도전해서 좋은 결과물을 만들어내는 게 또 다른 매력이고요. 넘어지고 깨지고 실수해도 포기하지 않고 계속해서 성찰하면서 자기 것을 만들어나갔으면 좋겠어요.

# 내 손 끝에서 탄생한 리얼리티
# 생생한 소리의 세계

음향감독을 떠올리면, 영화 <봄날은 간다>의 유지태가 떠오른다. 그의 영화 속 직업이 음향감독이다. 이영애와 함께 대나무숲에서 댓잎에 스치는 바람 소리를 녹음하는 모습이나, 마지막 장면에서 드넓은 갈대밭 한가운데 서서 헤드셋을 끼고 있는 모습이 여전히 눈에 선하다. 이후 시간이 흘러서는 TVN 드라마 <또, 오해영>에서 음향감독의 일을 조금 더 자세하게 다룬 적 있다. 영화 전체를 떠올렸을 때, 대부분 시나리오와 촬영을 떠올리지 음향을 생각하는 사람은 많지 않다. 음향을 염두에 둔다고 해도 OST를 연상하는 이들이 많을 테다. 아이들에게 낯선 영화의 세계를 알려주는 우영자 강사진들 중 임세빈 음향감독은 이런 생소한 음향감독의 일과 영화 속 음향의

역할을 소개한다. 없어서는 안 될 지대한 영향력을 직접 체험할 수
있도록 말이다.

**안녕하세요, 간단하게 감독님을 소개해주셨으면 해요.**

네, 반갑습니다. 음향감독으로 일하고 있는 '임세빈'이라
고 합니다.

**본격적으로 이것저것 여쭤보기 전에, 동시녹음과 음향의 차이점
에 관해 확실히 알고 가고 싶어요. 찾아봐도 이해하기가 조금 어렵
더라고요. 감독님이 직접 설명해주실 수 있을까요?**

우리나라에서는 동시녹음과 음향을 혼용하는데, 대학원
에서 논문을 쓸 당시 동시녹음이라는 말은 지양하도록 했
어요. 현장녹음이라는 표현을 쓰고 그게 올바른 표현이죠.
동시녹음은 촬영과 동시에 돌아간다고 해서 동시녹음이라
고 하는데, 예를 들어서 어떤 배우의 대사를 조용한 곳에
서 따로 따 가면 그건 동시녹음이 아니죠. 그래서 이걸 통
칭해서 프로덕션 레코딩이라고 하고요. 그러니까 현장녹
음이라고 부르는 게 더 적합한 표현입니다. 그리고 우리가

흔히 후시녹음이라고 해서 따로 따는 건 사운드온리(S.O)라고 하고요. 현장녹음은 음향 안에 포함된 하위 개념이라고 보면 돼요.

**그럼 감독님은 현장녹음감독이라고 부르는 게 맞나요? 스스로를 소개할 때 보통 뭐라고 하시나요?**

솔직히 말하면 돈 되는 건 다합니다(웃음). 물론 다 할 줄 아니까 가능한 일이기도 하죠. 현장녹음 전문가라고 해서 현장녹음만 할 줄 알고 그것만 하는 것은 아니니까요. 그런데 저는 그런 전문가 분들의 실력이나 지식을 따라갈 수는 없죠. 그래도 저에게 정확히 하는 일이 뭐냐고 묻는다면 '사운드 슈퍼바이저'라고 소개해요. 오디오 포스트 프로덕션에서 후반 사운드 제작을 맡고 있죠. 사운드를 디자인하고 직접 소리를 만들어 녹음도 하고, 녹음실에서 배우들 후시녹음도 해서 싱크 맞추는 일들도 하죠. 예전에는 동시녹음을 많이 했는데 지금은 이런 일들을 더 많이 하고 있어요. 영화 〈봄날은 간다〉에서 유지태가 하는 일들을 하는 거죠.

사운드 슈퍼바이저라는 이름 아래 많은 일을 하시네요. 음향과 관련된 건 대부분 하는 느낌이에요. 그럼 이 직종은 아무래도 전공자가 많은 것 같은데, 그럴까요?

제 경우에는 음대에서 작곡을 전공했고, 박사 과정에서 영화학과 사운드를 전공했어요. 그런데 일을 하다보면 전공자가 아닌 사람들도 많아요. 정말 다양한 경로를 통해서 들어와요. 아주 우연한 계기로 시작하는 친구들도 있죠. 대학에서 영화를 배운 친구라면 조금 더 쉽게 접근할 수 있지만, 비전공자인 친구들도 촬영 현장 알바를 통해서 이 업계로 들어오기도 해요. 전공자라면 조금 더 배경지식을 가지고 있겠지만, 꼭 전공자가 아니더라도 시작할 수 있는 거죠.

그럼 사실 비전공자는 아무런 기본 바탕이 없는 상태에서 시작하는 거라 현장 안에서 모든 것을 배워야 하는 거네요. 음향 일에서 가장 중요하게 생각해야 하는 부분이 있을까요?

물론 전공자라고 해서 현장에서 일할 때 모든 일을 척척해내진 않죠. 현장 경험을 계속 하다 보면 감각이라든지 센스가 생겨나게 돼요. 저절로 습득하게 되는 것들이죠. 감각 있고 센스가 좋은 친구들은 금방 배우고 적용도 잘해요. 사실 이런 건 학교에서 배울 수 없잖아요. 현장에서 몸으로 부딪치면서 배우기 때문에 그 안에서 활동하다가 계속 살아남는 사람과 떠나는 사람이 판가름 나고 배우려고 들어온 많은 친구들이 빠르게 빠져나가는 것 같아요. 초반에 살아남은 사람들은 계속해서 그런 좋은 감을 가지고 성장해 나가고요.

역시나 감각이 중요한 일이네요. 그런데 동시녹음에서 감각을 키

운다는 게 굉장히 추상적이고 어려운 일이잖아요. 감독님이 생각하시기에 '아 이 친구 감각 있다' 하는 포인트가 있나요?

이건 제가 수업할 때 얘기하는 건데, 현장 녹음에서 '마이킹'이라는 용어가 있어요. 마이크의 위치를 선정하는 걸 말하는 거죠. 대부분 우리가 알고 있는 위치나 자세는 오버 헤드 방식이에요. 붐 마이크를 머리 위로 들고 있는 거, 다양한 자세가 있고 이게 꼭 정답은 아닌데 영화과 1학년 학생들은 대부분 너도나도 그렇게 드는 거죠. 그런데 종종 보면 누가 알려주지 않아도 다양한 자세로 녹음하는 친구들이 있어요. 그런 친구들이 타고난 감이 있는 거죠.

감독님의 경우에는 원래 작곡 전공이었는데, 영화음악 쪽으로 살짝 노선을 변경한 거잖아요. 어떤 계기로 바뀌게 된 걸까요?

고등학교 때부터 음악을 했는데, 대학원 지도 교수님이 영화음악 하시는 분이었어요. 한재권 교수님이라고 영화 〈실미도〉, 〈공공의 적〉 같은 영화에 음악감독을 하셨던 분이에요. 그분 제안으로 독립영화음악 작업을 하면서 처음으로 영화음악 작업을 해보게 된 거죠. 그러면서 영화 쪽에 완전히 관심을 갖게 됐어요.


**영화음악 매력에 완전히 마음을 뺏긴 계기도 있나요? 아니면 그냥 천천히 이 일이 좋아지게 된 건가요?**

정확한 계기는 있었죠. 단편 영화 작업을 같이 하고 있었는데 그때 요구한 게 카페에서 유리잔 안에 얼음 흔들리는 소리를 만들어달라는 거였어요. 처음에 진짜 당황했어요. 난 이런 거 만들어 본 적이 없는데, 급하다고 빨리 만들어달라고 그러는 거예요. 다른 사이트에 올라와 있는 소리는 뭔가 안 어울리고 리얼리티가 없더라고요. 급하다고 했는데, 소리는 마음에 안 들고, 그래서 새벽까지 이리저리 만지다가 어느 순간 '아 이거다!' 싶더라고요. 그 새벽에 담배를 피우면서 그 소리를 듣는데 그게 너무 좋더라고요. 그 정적이고 감격적인 순간이 오래도록 기억에 남아 있어요. 그때 '이게 사운드 디자인이구나' 싶더라고요. 그때 사운드 디자인을 처음 안 거죠.


**그럼 그때부터 지금까지 근 10년간 영화음악 일을 해 오신 거네**

요. 여태껏 참여했던 작품은 뭐가 있을까요?

10년 경력이면 짧죠. 워낙 처음 발들이기를 늦은 나이에 했으니까요. 더 열심히 움직여야 하는 거죠. 여태까지 했던 작품들도 큰 건 없어요. 다 비주류였고 대부분 사람들이 잘 모르는 것들이었죠. 그래도 자부심은 있어요. 저는 영화가 너무 좋거든요. 영화음악 만드는 일이 너무 좋아요. 그런데 지금은 본의 아니게 드라마를 하고 있어요. 말하면 알 법한 드라마의 사운드 후반 제작을 하고 있죠.

드라마 작업과 영화 작업은 차이가 많이 나나요? 영화 작업을 계속 하고 싶으신 거죠?

드라마에서는 제가 메인은 아니에요. 수장이 따로 있으니까 거기서는 제가 어시스트 일을 하는 거죠. 제작 방식은 영화나 드라마나 다 동일해요. 지금은 영화 쪽에 자리가 없으니까 드라마 쪽에서 일하고 있는 건데, 사실 드라마를 안 보거든요. 아무리 제가 제작에 참여했다고 해도 안 보게 되더라고요. 영화는 매일 하루에 한 편씩 보는데 드라마는 아예 보지도 않는 제가 드라마 작업을 한다는

것 자체가 사실 모순인 거죠. 좋아하는 것을 해야 즐거운데, 그렇지 않으니까 즐겁지가 않아요. 꿈이긴 하지만 정말 좋은 영화를 하고 싶어요.

**좋아하는 일을 두고 하지 못하는 상황이 생기거나 좋아하는 일을 하더라도 힘들 때가 오면 고민이 많아지겠네요. 그런 때는 어떻게 버티시나요?**

작업을 하다보면 아침부터 밤까지 한마디도 안 하는 날이 있어요. 사실 견디게 하는 원동력은 없어요. 그냥 좋아하는 걸 하고 있다는 생각으로 하는 거죠. 원래는 대중음악을 하고 싶었는데 그 안에서 살아남기가 굉장히 힘들었어요. 그때 버티면서 굳은살이 많이 생겼는데, 그게 지금 오히려 도움이 되는 거죠. 여기서 이렇게 작업하는 건 아무렇지도 않아요. 너무 힘들어서 고민할 만큼의 어려움은 아니었던 것 같아요. 그리고 영화 작업 하는 사람들 중에 수입이 아예 없는 사람도 많아요. 그런 면에서 이렇게 부름받아 일할 수 있는 게 다행이라고 생각하죠.

**어쨌든 그럼 영화 일은 아니지만 계속해서 음향 일을 활발히 하시면서 영화캠프를 통해 아이들과 만나는 시간을 가지고 있어요. 캠프 활동에 대해서는 어떤 생각을 가지고 계신지도 궁금해요.**

처음에 순창군 지원을 받아 시작했을 때는 소규모로 진행해서 그런 건지 되게 즐겁고 행복했어요. 그런데 시간이 지나면서 일이 커지다 보니까 제 스스로가 기계적이고 퇴색되는 느낌이 들더라고요. 지금 대학에서 시간제 강사 일도 하고 있는데, 그것도 같은 맥락이에요. 누군가를 가르치는 입장에 있지만 반대로 저도 학생들에게 배우고 있는 거잖아요. 그런데 익숙해지다 보니까 그런 생각을 잘 안하게 되고 예전만큼의 파이팅 넘치는 모습을 되찾기가 힘들더라고요. 방법을 찾고 있는 중이에요. 원해서 캠프에 참여한 친구들도 있지만, 부모님이 보내서 억지로 온 친구들도 있으니까요. 그 친구들을 포기하지 않고 재미를 느낄 수 있도록 함께 가는 방법을 찾아봐야죠. 또 캠프를 진행하면서 내가 고집해오던 생각이 깨지는 순간들을 경험하기도 했어요. 아이들과 수업을 하다 보면 진짜 작두 탄 것처럼 수업이 잘 될 때가 있어요. 그만큼 아이들 호응도가 높으면 저도 신나서 수업을 하는 거죠. 남원캠프 때가 유독 그랬어요. 반대로 임실캠프 때는 아이들 태도가 기계적이었죠. 그런데도 작품은 임실 친구들 작품이 월등하게 좋았어요. 수업 참여도에 따라 작품의 퀄리티가 나뉘는 게 아닌 거죠. 그때 내가 느끼고 믿어 왔던 게 전부가 아니라는 걸 배웠죠.

그럼 수업을 듣는 아이들에게 음향, 영화음악과 관련해 자주 해주는 말은 뭐가 있나요?

다양성을 추구했으면 좋겠다고 이야기해요. 보면 내신이나 수능에 맞춰 가는 게 대부분인데, 세상에는 할 수 있는 일도 많고 공부할 수 있는 분야도 다양하잖아요. 무조건 공부해서 좋은 대학을 목표로 삼기보다는 내가 좋아하는 것, 내가 잘할 수 있는 것을 빨리 찾을 수 있으면 좋겠다고, 그렇게 노력하면 좋을 것 같다고 이야기해요. 그러면서 이런 캠프에서의 경험도 정말 귀한 것이라고 덧붙이죠. 그 나이대에 쉽게 할 수 없는 것들을 경험하면서 다양성을 키워나갈 수 있었으면 해요.

----------------------------------------

보름달이 뜨던 밤, 책마을해리에 삼삼오오 사람들이 모여들었다. 책숲에는 의자 여럿과 돗자리, 커다란 스크린이 가지런히 놓였다. 7시가 되자 사람들은 돗자리 위에, 의자에 앉기 시작했다. 이대건 촌장의 인사와 간단한 행사 소개가 끝나고 잠시 후 공간은 깜깜해졌다. 스크린 위로 어지럽게 오가는 지하철역 풍경이 펼쳐졌다. 부지영 감독의 영화 <여보세요>의 첫 장면이다. 이날은 영화 두 편을 보고 금태경 감독과 독립영화에 대해 이야기 나누는 '동네북씨네' 행사가 있는 날이었다.

----------------------------------------

# 싸묵싸묵
# 지역에서 영화 만들기

이날 행사에 상영한 영화는 독립영화 두 편이다. 부지영 감독의 〈여보세요〉는 북한에서 걸려온 전화 한 통으로 전개되는 영화고, 금태경 감독의 〈주성치와 함께라면〉은 보호관찰소에 있는 청소년들의 폭력 이야기를 다루는 블랙 코미디 영화다. 영화 두 편을 연달아 보고 난 뒤 금태경 감독과의 대화 시간이 이어질 예정이었다. 행사에 참석한 사람들은 영화 상영 내내 자리에서 움직이지 않고 스크린에서 시선을 떼지 않았다. 몇몇 아이들은 스크린 앞에 깔린 돗자리에 철퍼덕 앉거나 누워 영화를 봤다. 밤의 시간이 편안하고 나른하게 흐르는 순간이다.

"끝이야?"

"뭐야, 이상하게 끝났어. 아들 찾는 걸로 끝날 줄 알았는데. 해피엔딩이 아닌 거야?"

"그래도 재밌지 않았어?"

돗자리 위에서 영화를 보던 아이들은 영화 한 편이 끝날 때면 다음 영화를 기다리며 저마다 방금 본 영화에 대해 이야기를 나눴다. 원하는 결말은 아니었어도 재미있었다고 느꼈는지 자연스럽게 감상평이 오갔다. 영화 상영이 다 끝난 뒤에 이어진 금태경 감독과의 대화에서도 아이들은 적극적으로 질문에 나섰다. 영화 속 인물들에게 가졌던 궁금증이나 영화 전반에 관한 질문, 지역에서 혹은 독립영화 생태계 안에서의 영화 제작 환경 등 다양한 질문이 쏟아졌다.

금태경 감독은 쏟아지는 질문을 반기며 관객들이 잘 이해할 수 있도록 자세하고도 쉽게 답변했다. 금 감독은 영화 공부라는 게 영화를 제작하는 방식에 대해서 배운다기보다는 우리가 사는 사회에 관해 배우는 일이라고 했다. 그는 인권에 관심이 많아 자신이 생각해왔던 것들, 혹은

문제라 여겨지는 이슈를 영화에 녹여냈다. 〈주성치와 함께 라면〉도 그간 금 감독이 해왔던 생각에서 탄생한 영화다.

"독립영화를 하면서 이런 생각을 많이 했어요. '나 혼자 이 세상을 바꿀 수 있을까? 진실을 나 혼자 알고 있을 때 누군가 함께 공감하고 인정해 줄 수 있는 걸까?' 하는 생각들이요. 영화 속 아이는 누명을 썼지만 아무리 자신이 저지른 죄가 아니라고 말해도 누구 하나 제대로 들어주거나 인정해주지 않잖아요."

영화 속 이야기처럼 우리 사회에서도 누군가는 진실을 외면당한 채 외로운 싸움을 하고 있을 것이다. 금 감독이 영화를 통해 말하는 것들이 상업영화가 아니라서, 혹은 유명하지 않아서 다수에게 그의 메시지가 전해지지 않는 것처럼 말이다. 그럼에도 금 감독은 계속해서 영화를 만든다. 지금 제작 중인 영화는 열정페이에 관한 내용을 담았다. 이번 영화 역시 지역에서 촬영하고 제작한다. 그를 로컬 영화감독이라 부르는 이유는 여기에 있다. 서울이 아닌 지역에서도 영화를 만들 수 있다는 것을 직접 보여주고 있다. 그는 현재 지역에서 영화를 만들며 생태계를 조성하는 중이라고 말한다.

"여기에도 사람이 있고 공간이 있는데 '굳이 서울까지 가서 영화를 만들어야 하나' 하는 의문이 있었어요. 서울로 갔던 친구들 중 몇몇은 다시 지역으로 내려와 영화를 만들고 있어요. 영화를 이해하고 로컬에서 할 수 있는 일들이 있다고 생각해요."

기회가 많다고 해서 그것이 꼭 정답은 아니다. 좋은 영화를 만드는 일에는 환경도 중요하겠지만, 영화를 만드는 사람들이 더 중요하다. 종이에 빼곡히 적힌 시나리오가 영화로 만들어지는 과정 속에 수많은 사람의 노력과 대화와 합의가 담긴다. 글이 소리로, 영상으로 잘 가공되어 관객에게 원하던 바가 그대로 전달된다면 영화인에게 그보다 좋은 성공이 또 있을까.

"영화는 보는 게 아니라 읽는 거라고 생각해요. 제 영화역시 그렇고요. 흐르는 영상 속에서 자기만의 메시지를 찾는 거예요. 장면마다 대사마다 어떤 이야기를 담고 있는지, 어떤 이미지로 다가오는지 생각하면서 영화를 보시면 더 좋을 거예요."

----------------------------------------

책마을해리에서는 가을이면 영화제가 열린다. 세계 어디에도 없는 <책영화제>. 책영화제는 많은 영화의 원천인 책에 집중해보자는 생각에서 시작됐다. 2017년 11월 3일부터 5일까지 열린 첫 책영화제의 테마는 '모험'. 여행과 모험을 담고 있는 책과, 그 책을 원천으로 하는 여덟 나라, 스물여섯 편 책과 영화를 가려 뽑아 상영했다. 제2회 책영화제는 2018년 10월 26~28일 2박3일간 'Life-X, 어쩌면 우리의 삶은'이라는 주제로 27편의 영화를 상영했고, 다양한 행사를 진행했다. 제3회 책영화제는 2019년 9월 27~29일 "책과 영화 속에서 보고 듣고 배우는, 천 가지 빛깔 학교"라는 주제로 책영화 상영, 전시, 99초영화제작단 등 다양한 행사를 진행했다. 코로나로 생활과 모임이 자유롭지 못했던 2020년에는 '평화는 가

----------------------------------------

끔 이렇게 뽀송뽀송'이라는 주제로, 2021년에는 '로컬, 청소년, 영화 만들기'라는 주제로 가까운 지역 친구들과 소소하게 책영화제를 치렀다. 2022년 6회를 맞는 책영화제는 '기후위기'를 주제로 생태예술제와 함께 열린다.

책영화제와 늘 함께했던 것이 바로 책영화학교이다. 청소년 친구들과 책과 영화를 함께 보고, 외국영화 더빙도 해보고, 영화도 만들어본다. 친구들과 함께 만든 영화 속에서 우리 친구들은 자신의 목소리를 자유롭게 들려준다. 지난해 여름 <우리 영화 만들자>로 깊이를 더한 2022 책마을해리 영화학교가 지난 여름을 달궜다. 이번에는 윤동환 배우와 함께다. 그 뜨겁고 신나는 로컬, 청소년 영화 현장으로 들어가보자.

# 세 편의 연극 세 편의 영화
# '웃는 낯'으로 피워낸 닷새의 기록

"이 거센 비를 뚫고 바다 일정이 가능하려나?" "내일 화덕피자 만드는 날로 바다 일정 옮기고 오늘 함께 피자를 만들어 먹는 것으로 바꿀까?" 여름책학교 샘들은 깊디깊은 비를 앞에 두고 시름, 고민이 그보다 더 깊어졌답니다. 일정을 뒤흔드는 일은, 그 일정만 아니라 그 앞뒤 위아래 얽히고 얽힌 실타래들이 마구 흐트러지는 것이어서, 여간 복잡한 일이 아니에요. 여기저기 샘들의 한숨소리 끝에 내린 결론, "그렇담 우리 친구들한테 물어볼까요? 이 비를 무릅쓰고 바다놀이 갈려는지", 우리 친구들은 대답은 고민할 것 없이 바로, 고고고였지요.

이 깊은 비에 친구들이 꺼려하지 않을까, 파도는 어떨까, 페트병 생태뗏목 4호는 이 거친 바다에서 잘 떠있으려나, 감기에 걸리는 친구들은 없으려나, 하고 갖은 고민을 하던 샘들을 단박에 제압해버렸어요. "당연히, 오늘 당장 가야죠!" 이구동성으로 말이에요.

비 가득한 바다, 아무도 없는 야트막한 책마을 앞 장호 바다는 온전 우리 차지가 되었고, 제4호 뗏목은 거친 파도에 맞서는 우리 전진기지가 되었어요. 마치 우주정거장처럼요. 네 명 친구들이 올라타도 끄떡없고 열 명 친구들이 붙잡고 당겨도 흐트러지지 않았어요. 친구들이 샘들에게 준 배움이 그렇게 난난했어요. '괜찮아요. 이깟 비쯤이야.'

집중호우로 온나라가 침통한 가운데예요. 그 침통에서 살짝 비껴서 책마을해리 여름책학교 마지막 캠프, 영화학교 닷새가 지나는 길이에요. 이번 영화학교는 윤동환 배우(콘테 샘)가 길라잡이로 함께해주었어요. 우리 모두가 기획하고, 시나리오 글을 짓고, 감독이 되고, 배우가 되는 연극명상에 멋진 길잡이가 되어주었어요. 우리 한 사람 한 사람이 모두 영화라는 매체의 주인공이 되는 길을 명상을 통해 찾아보았어요.

첫날부터 '생각한 것을 보이는 것을 찍어봅시다. 그리고 편집해봅시다', 갑작스런 제안에 어리둥절은 잠시, 책마을 곳곳에 카메라를 걸친 친구들의 모습이 신출귀몰했죠. 그리고 여러분들의 편집 솜씨를 엿보았어요. 만만치않은 예비 감독님들 솜씨말이에요.

다음날 다음날은 우리 감정을 살피는 일로 시작했어요. 몸도 풀고 마음도 풀어서 그 풀어진 감정의 실마리를 잡아채보는 일, 결코 쉽지 않았어요. 눈물도 비치고 한숨도 비치는 기억을, 다시 글로 피어올리는 일이라니. 조금씩 조금씩 우리가 지어가는 이야기에 우리가 살피고 길어올린 감정의 줄기들을 보태넣었어요. 표가 날듯말듯요. 서로의 말과 말로 우리 상황을 표현하고 우리 감정을 드러내는 연습이 이어졌어요. 매일의 일이 그렇듯요. 우리는 우리를 어떻게 표현해왔을까요. 특히 우리 슬프고 화나는 어려운 감정을요.

감정담기가 어려울 때, 한가지 방법을 슬쩍 제안했어요. (실은 윤쌤과 영화학교 기획단계에서 고민했던 플랜B랍니다.) 우리가 영화학교 읽기책으로 서평쓰기 위해 읽고 있는 감정 담은 책들 가운데서 인상적인 장면을 연극으로 옮기는 방법을요. 그래요, 한결 잘 풀어졌어요. 대화로 몸짓으로 군데군데 내레이션이 동원하는 방식으로요.

『어린 왕자』이야기와 법정 공방이 슬쩍 어깨를 겯고 하나의 작품으로 모아졌구요. 그림에세이 『바나나 껍질만 쓰면 괜찮아』도 한편의 짧은 연극으로 옮겨보았어요. 『그 녀석, 걱정』이라는 그림책을 이야기로 꾸미며 우리 감정의 결을 보태넣었어요. 그리고 오랜 대본 암기시간, 틈틈이 짬을 내 실컷 놀았어요. 피자파티도 일품이었구요. 하루 내내 기울기 없이 내려꽂던 빗줄기는 온데간데 없이 맑은 하늘 배경으로 변신했어요.

비로소 우리끼리 무대가 되고, 관객이 되고 배우나 감독이 되어본 리허설 시간, 책숲시간의숲에 예비감독이며 예비배우님들의 표정이 사뭇 진지해요. 눈빛은 또 얼마나 밝았는지요. 책숲 바깥은 보름의 달빛으로 형형하더니, 그 밝은 달빛을 온 몸으로 껴안고 있었던 거였어요.

우리는 리허설의 프랑스말도 배웠어요. 약간 콧

소리를 섞어서 발음해야 제맛이 나는것도 알았어요. 'repetition(레피떼시옹)~'하고 말이에요.

누구도 주눅들지 않고 제 역할을 달빛보다 더 밝게 비춰낸 친구들이 자랑스러워요. 아침마다 몸마음풀기 시간에 우리가 새겼던 이야기들 한두 개는 잊지 말아요.

앉고 서고 누워서 우리 몸 안의 숨을 세상의 숨과 서로 나눌 때, 마지막 완성은 '웃는 낯'이라는 것도요. 중력을 거스르는 우리 의지, 어려운 일, 힘들 일, 풀기 어려운 숙제 앞에서도 슬쩍 미소지을 수 있는 힘말이에요. 중력에 끌려 처진 입꼬리는 말고, '그럼, 괜찮아' 하며 입꼬리아주 살짝만 올리면서요. '그래, 그런 나처럼 너도 괜찮아' 이렇게요.

잊지 말아야 할 것은 이 닷새동안 우리를 감싸준 수많은 벗들의 표정이기도 해요. 우리 감정을 마주하게 도와준 콘테 샘, 이 늦은 시간에 몇 시간 뒤 맞을 출판기념회에 선보일 책을 편집하고 있는 날날이 샘, 영상과 씨름하는 선과 열음 샘, 여러분의 표정 하나하나까지 보살피는 도로시, 열음, 선과 티마 샘. 지금 이 글을 쓰느라 미소짓

다 심각해졌다를 오가는 저, 해리 샘까지 그 표정을 기억해주세요. 조금 멀리서지만 여러분의 닷새를 응원해준 엄마 아빠와 가족, 책마을해리에서 일으키는 어떤 일들이든 마음 응원 아끼지 않는 방방곡곡 해리포터즈 여러분들의 마음 표정을요.

이 표정들이 어쩌면 우리를 우리답게 든든하게 지켜줄 버팀일 테니까요. 이 버팀 표정과 언젠가 다시 만나주세요. 기다릴게요. 여러분에게 '지치지 말고 웃는 낯으로 살으시라' 했던 것처럼, 우리도 언제나 웃는 낯으로요. 그 낯으로 서로 의지가지 살아가다 언제든 반갑게 만나요.

감쪽같이 흘러간 닷새를 우리 몸 구석구석 세포마다에 좋은 기억으로 새기며, 오늘은, 안녕.


2022년 여름 책마을해리 촌장 이대건

# 기쁨과 슬픔, 화와 우울, 그리고…
# 느끼는 대로, 생각한 대로

# 비우며 살아요
## ― 김주연

**비움 | 곽영권 지음 | 이보나 그림 | 아지**

밥 먹을 때도 이것, 저것, 가득가득.

온 집안에도 이것, 저것 가득가득.

가득가득 채우는 건 한순간.

그러니까 다들 비우면서 살아가요.

**#화를 적당히 내자**

# 나쁜 일은 연달아 온다

— 노다은

**열네 살, 비밀과 거짓말** | 김진영 지음 | 안예리 그림 | 푸른책들

하리가 좋아하는 아이와 가족의 이야기, 질 나쁜 친구와 좀 이상하고 안 좋은 담임선생님에 관한 이야기가 동시에 나오는 책이다.

이 책을 보다가 문득 열네 살이라는 나이를 보니 전에 읽은 〈어쩌다 중학생 같은 걸 하고 있을까〉라는 책이 생각났다. 주인공은 질 나쁜 친구와 어울리다 도둑질을 하고 좋아하던 아이를 그만 좋아하게 된다. 그러나 이 책은 여러 사건이 한 번에 터지면서 서로 얽혀 진짜 인생 같은 느낌이 들고 가난한 아이를 주인공으로 하여 현실감이

있다. 보다 보면 이입해서 우울해진다.

**#14살 #도둑질 #도벽 # 가난 #가정불화**

# 걱정

— 서강희

그 녀석, 걱정 | 안단테 글 | 소복이 그림 | 우주나무

이 책은 주인공이 한 걱정으로 인해 '걱정이'가 주인공을 찾아와 괴롭히는 이야기로, 생각하고, 걱정과 대화하고, 용기를 얻어 걱정을 없애는 내용이다.

걱정이 처음엔 나쁜 줄 알고 마음이 안 좋았는데, 나중엔 주인공을 도와서 다행인 것 같다. 걱정하다 보면, 예민해져서 걱정하지 않아도 될 것을 걱정한 적이 많아 공감대가 있었기에 재미있게 보았던 것 같다. 이 책을 읽고 나서 많은 걱정은 불이익을 불러오는 것 같다는 생각을 했다. 앞으로는 걱정을 적게 해야지, 라는 생각이 들었다.

**#걱정 #그 녀석 #거짓말**

# 이수와 윤재

— 전선영

아몬드 | 손원평 지음 | 창비

감정을 느끼지 못하는 윤재가 죽음, 사랑, 분노, 상처를 경험하며 변해가는 이야기다.

감정을 느끼지 못하는 윤재와 감정에 휩싸여서 방황하는 이수가 있다. 이 두 사람의 관계와 위치가 흥미롭다. 두 사람 모두 괴물이라 불리지만, 이수는 진짜 괴물이 되었고, 윤재는 사람으로 남았다. 감정을 통제하지 못하고 크게 휘둘린다면 감정을 느끼지 못하는 것보다 불행하지 않을까? 추가로 윤재가 느낀 사랑은 고통에 가까웠다는 게 인상적이었다.

#아몬드 #괴물 #감정

# 그럴 수 있지

**— 정송현**

**바나나 껍질만 쓰면 괜찮아**
매슈 그레이 구블러 글그림 | 최현경 옮김 | 크레이트북스

　자줏빛 뾰족한 소나무가 내려다보는 작은 마을에 삐뚤삐뚤한 이빨이 다섯 개, 머리카락은 딱 세 가닥이고, 피부는 초록빛에다 왼발은 오른발보다 살짝 커다란 쭈글쭈글 못난이가 살았다. 못난이는 사람들이 자기 모습을 보고 도망갈까 봐 시내 한복판, 쓰레기통 바로 옆 빗물 배수구 아래에 숨어 살았다. 못난이는 땅 위에서 사람들과 자기가 잘 어울려 지내는 상상을 하곤 한다. 하지만 못난이는 눈을 뜨면 혼자라는 걸 알게 된다. 하지만 사람들 덕분에 마음을 연다.

**#바나나 #괜찮아 #상상 #외로움**

# 우리, 책영화 만들자

# 시나리오 1. 걱정

**연출** 김에스더

**출연** 서민지_서강희, 황은영_ 노다은, 민지 엄마_ 김에스더,

　　걱정이_ 홍정원 민지 언니_ 김사라

**참고도서** 그 녀석, 걱정(안단테 글 | 소복이 그림 | 우주나무 펴냄)


#1

해설자(에스더): 이 이야기는 안단테 작가의 그림책을 각색한 이야기입니다. 한 아이가 자신에게 찾아온 '걱정이'를 무서워하며 피해다니다 마음과 행동을 바꾸면서 '걱정이'를 잘 보내준다는 이야기입니다. 주인공 아이 민지 역은 강희. 걱정 역은 정원, 민지의 친구 다은 역은 은영, 민지 엄마 역은 도로시, 민지의 언니 역은 사라가 맡았습니다. 먼저 민지의 생활이 어떠했는지 그 모습을 보겠습니다.


은영이가 그림을 그리고 민지가 물을 마시며 걸어 오던 중 은영이의 가방에 걸려 그림에 물을 쏟음.


은영: 으악….

민지: 헉! 은영아, 미안해.

은영: 야, 앞 좀 똑바로 보고 다녀. 눈이 어디에 달린 거야! 내 그림 살
려내.

민지: 사과했잖아. 쪼잔하게 왜 그래?

은영: 그걸 할 말이라고 하냐? 이게 얼마나 소중한 건데!

민지: 그런 너는 왜 말을 그렇게 해? 소중한 게 내 알 바야?

은영: 니가 잘못한 것 맞잖아.

민지: 나는 너 같은 애랑 더 이상 친구 못 하겠어. (나간다.)

## #2 책감옥

해설자(정원): 민지는 걱정이가 다가오는 것을 느낍니다.

민지: (걱정이를 잡으려 하며) 아! 이게 뭐야?

민지: 으~.

민지: (걱정이를 던지며) 저리 가.

(걱정이가 다시 와서 붙음.)

## #3 책감옥

해설자(사라): 민지는 걱정이를 거부하지만 걱정이는 쉽사리 떨어지
지 않습니다.

(민지가 침대에 누워서 핸드폰을 함.)

민지 엄마: 민지야~ (부드럽게) 너 왜 불도 안 켜고 있어.

　　　　　(거칠게) 숙제는 하고 핸드폰 하고 있는 거야?

　　　　　옆집 딸은 이번에 또 전교 1등 했대. 넌 언제 1등 할 거야?

민지: 안 그래도 짜증 나는데, 왜 이래라 저래라야.

　　(민지 엄마를 내쫓는다.)

## #4 책감옥

민지가 화가 나서 다시 핸드폰을 함.

해설자(다은): 엄마에게 짜증을 낸 후 걱정이는 더 커집니다.

민지: (거울을 보며) 이게 뭐지?

민지: 뭐야, 이거 내가 버렸는데? 언제 이렇게 커졌지?

민지 엄마: 민지야, 밥 먹으러 나와.

　　(책감옥에서 나감.)

## #5 식당

민지가 밥을 조금씩 먹음.

민지 엄마: 한숨을 쉬며 나간다.

민지: (식판을 버리며) 잘 먹었습니다.

## #6 책감옥

민지가 아파함.

해설자(정원): 급기야 민지는 앓기 시작합니다.

민지 언니: (들어오며) 야, 편의점 가실?

민지: 아니.

민지 언니: 웬일로? 아프냐? ㅋ

민지: 몰라.

민지 언니: 어디가 아픈데? 열나는 것 아님?

　　　　　열나는데? 약 가져다줘? 기달려봐. (나감)


　　　(걱정이 등장.)

　　　(민지 걱정이 보고 소리 지름.)


민지: 야! 넌 누구야? 왜 날 괴롭히는 거야!

걱정: (퉁명스럽게) 나 몰라? 난 네 걱정이잖아. 네가 날 불렀으면
　　　서….

민지: (어이없는 표정으로) 뭐라고? 내가 널 불러? 난 네가 싫어 얼마
　　　나 끔찍한데….

걱정: 그래서 어쩔래, 이제 어쩔래, 이제 어쩔래?

민지: 제발 가주면 안돼?

걱정: 네가 보내줘야 가지. 나를 보낼 수 있는 것도 너야.

민지: 내가 어떻게 해야 하는데?

걱정: 나를 똑바로 봐. 그리고 잘 생각해 봐. 너한테 왜 내가 왔는지.

민지: (어이없는 표정으로) 그걸 내가 왜 생각해.

걱정: 그래, 네 맘대로 해라.


　(그렇게 걱정이가 사라짐.)


해설자(에스더): 민지는 걱정이와 싸우고 난 후 혼자 남아서 걱정이가 왜 왔는지 생각하게 됩니다. 그리고 뭘 해야 할지 깨닫습니다.


　(민지가 혼자 남아서 걱정이가 왜 왔는지 생각함.)


**#7 숙소**

은영이 집으로 가서 초인종을 누름.


민지: (문을 두드리며) 야, 나와 봐.

은영: (문을 열며) 왜?

민지: 내가 네 그림 망치고 화내서 미안해.

은영: 앞으론 좀 주의해줬으면 좋겠어. 나도 화내서 미안해.

　(걱정이가 사라짐.)

## #8 책숲

엄마가 지나간다. 엄마를 부른다.


민지: 엄마

엄마: 응? 왜?

민지: 내가 갑자기 화내서

민지 엄마: …응?

민지: 죄송해요.

민지 엄마: 어…. 괜찮아…. 엄마도 너를 잘 못 대해줘서 미안하다.


(민지와 엄마가 포옹한다.)

## #9 책감옥

민지가 들어가서 침대에 누움.


해설자(사라): 민지가 친구와 엄마에게 사과를 하자 걱정이는 어디
론가 사라졌습니다.


민지: 어, 그러고 보니 걱정이 어디 있지?

(몸을 살핀다)

걱정이: 나 여기 있어.

민지: 너 작아졌네.

걱정이: 응. 니가 마음을 바꾸니까 그렇게 됐어. 나는 이제 떠날 때가 된 것 같다.

민지: 걱정아, 가는 구나?

걱정이: 응.

민지: 잘가. 너 때문에 힘들긴 했지만 그래도 너 때문에 깨달은 게 있었어. 고마웠어.

걱정이: 우린 다시 만나게 될 거야 그땐 놀라거나 겁먹지 마. 안녕.

민지: 안녕.


-끝-

# 시나리오 2. 상자만 쓰면 괜찮아

**연출** 정송현

**출연** 내레이션_ 유서하, 못난이_ 김다나, 아이_ 전선영, 아저씨_ 티마

상상 속의 사람_주지민

**참고도서 바나나 껍질만 쓰면 괜찮아**(매슈 그레이 구블러 글그림 | 그레이
트 북스 펴냄)

내레이션: (상자를 줍는 장면) 이 아이의 이름은 못난이다. 괴상하게
생겨서 못난이다. 못난이는 집 밖으로 잘 나가지 않는다.

(상상 장면) 누구든 못난이 모습을 보면 겁먹거나, 도망간다.

못난이: 안녕? 잠깐만!

내레이션: 못난이는 자신의 모습을 아무도 볼 수 없도록 상자를 쓴
다. 하지만 못난이는 밖에서 들려오는 소리에 귀를 기울였
다. 눈을 아주 꼭 감고, 위에서 일어나는 모든 재미난 일에
못난이가 함께하고 있다고 상상했다. 달이 점점 차오르면
못난이가 가장 좋아하는 날이 다가온다는 뜻이다. 그날이
되면 온 마을 사람들이 책마을에 모여 책을 읽는 부엉이와

보름달축제가 시작된다. 못난이는 이날을 무척 좋아했다.

못난이: 사람들이 책에 집중하느라 나를 못 알아보겠지?

내레이션: 전날 밤, 못난이는 설레는 마음에 잠도 오지 않았다. 못난
이는 다음 날 아침 일찍 일어나서 멋지게 단장했다. 그리
고 상자를 쓰려던 그때, 상자가 없어진 거다!

못난이: 사, 상…상자가 어디 갔지? 이러면 부엉이와보름달축제에
갈 수 없잖아! 상자를 쓰지 않고는 밖으로 나갈 수 없어. 사
람들이 내가 괴상하다고 생각할 테니까.

내레이션: 못난이는 침대에 얼굴을 처박고 울었다. 그러다 무슨 소리
를 들었다.

아이: 이번에는 축제 안 와요?

    (못난이가 고개를 돌린다.)

아이: 내 말 들려요, 언니? 귀찮게 해서 죄송해요. 우린 그냥 언니가
올해도 축제에 오는지 궁금해서요.

못난이: 그게 무슨 말인가요?

아이: 우린 언니가 축제에서 늘 같은 자리에 있는 걸 봤거든요. 근데 오늘은 안 보여서, 언니가 괜찮은지 확인하러 왔어요.

못난이: 내가 보여요?

아이: 당연히 보이죠. 언니는 못 보고 그냥 지나치기 어렵게 생겼잖아요.

못난이: 근데 내가 안 무서워요?

아저씨: 우리가 왜 당신을 무서워하겠어요?

못난이: 난 괴상하게 생겼잖아요.

아이: 언니, 나 좀 봐요! 난 두 볼이 터질 듯이 퉁퉁하고 보조개는 한쪽에만 있고, 온몸에 주근깨가 다닥다닥 난 걸요.

아저씨: 나도 좀 봐요! 난 엄청나게 두꺼운 안경을 꼈고, 코는 뾰족하게 튀어나왔고, 혀짧은 소리를 낸다고 놀림 받는 걸요!


(문을 살짝 열고 빼꼼 쳐다본다.)


내레이션: 그때 못난이는 비로소 깨달았다. 누구나 조금씩 괴상하다는 걸, 그래서 우리는 모두 멋지다는 걸.


아이: 근데 말이에요, 언니를 볼 때마다 이상하다고 생각한 게 딱 하나 있는데요.

못난이: (초조해하며) 그… 그게 뭔데요?

아이: 언니는 왜 상자를 머리에 쓰고 다녀요?

못난이: 상자를 쓰면 사람들이 날 못 볼 거라고 생각했어요. 하지만 이제는 필요 없어요. 이제는 두렵지 않아요.

아이: 그러면 같이 축제에 가요.


(서로 손을 맞잡는다)


-끝-

# 시나리오 3. **어린 왕자**

**연출** 윤콘테

**출연** 해설자/ 아저씨_ 티마, 어린 왕자_ 유서하, 왕_ 김주연

      검사/ 뱀_ 윤겸, 변호사_ 이창수, 판사_ 이재우, 여우_ 김다나

**참고도서 어린 왕자**(생텍쥐페리 지음 | 황현산 옮김 | 열린책들 펴냄)


## #1 사막

    (어린 왕자와 아저씨가 있다. 옆에 비행기 물체가 있다.)


어린 왕자: 이 물건은 뭐야?

아저씨: 이건 물건이 아니야. 이건 비행기야.

어린 왕자: 아니. 아저씨가 하늘에서 떨어졌어? 아저씨도 하늘에서

            왔구나. 어느 별에서 왔어?

아저씨: 너는 다른 별에서 왔구나.


해설자: 어린 왕자는 자기 여행 이야기를 들려주었습니다. 지구에 오

          기 전에 그는 왕의 별에서 고생을 했다고 합니다.

## #2 왕의 별

(왕이 앉아 있다.)

(어린 왕자가 나타난다. 왕을 만난다.)


왕: 어서 오거라. 나의 백성이 오는 구나. 가까이 오거라.


(어린 왕자, 하품한다.)


왕: 짐 앞에서 하품을 하는 것은 예의에 어긋나는 일이다. 그대에게
　　그것을 금하노라.

어린 왕자: 하지만 저는 하품을 참을 수 없습니다. 먼 길을 여행하느
　　　　　라 잠을 못 자서.

왕: 그럼. 하품을 명하노라. 여러 해 전부터 하품하는 사람을 본 적이
　　없다. 자, 다시 하품하라. 명령이다.

어린 왕자: 그럼 겁이 납니다. 이제는 하품이 나오지 않습니다.

왕: 음. 그럼 그대에게 명한다. 어떤 때는 하품을 하고 어떤 때는….


(왕이 화가 난다.)


왕: 짐이 만일 어떤 장군에게 바닷새로 변하라 명령했는데 명령에 복
　　종하지 않았다면 그건 장군의 잘못이 아니고 짐의 잘못이다.

어린 왕자: 앉아도 괜찮나요?

왕: 앉기를 명하노라.

어린 왕자: 전하. 여쭐 말씀이 있습니다.

왕: 짐은 질문을 명한다.

어린 왕자: 전하는 뭘 다스립니까?

왕: 모든 것을.

어린 왕자: 모든 것을요? (하늘을 보며) 저 별들 전부요?

왕: 저거 전부를.

어린 왕자: 그럼 별들이 전하에게 복종하나요?

왕: 물론이다. 별들은 즉시 복종한다.

어린 왕자: 와, 저는 해 지는 것을 보고 싶습니다. 해 지는 것을 명령
　　　　　해 주세요.

왕: 음… 누구에게나 그가 할 수 있는 것을 요구해야 하지. 권위는 뭣
　　보다 이성에 근거를 둔다.

어린 왕자: 제가 부탁한 해넘이는 어떤가요?

왕: 너는 해넘이를 보게 되리라. 그것을 명한다. 그러나 짐의 통치술
　　에 따라 조건이 마련될 때까지 기다리겠노라.

어린 왕자: 언제 그리 될까요?

왕: 음… 그것은… 오늘 저녁 일곱시 사십분 경이 될 것이다.

어린 왕자: 저는 여기서 할 일이 없습니다. 저는 떠납니다.

왕: 떠나지 마라. 너를 대신으로 임명한다.

왕자: 무슨 대신이요?

왕: 법무대신.

어린 왕자: 저는 아무도 재판하고 싶지 않은데요.

왕: 그럼. 그대 자신을 재판하라. 그게 가장 어려운 일이다.

어린 왕자: 저는 아무데서나 제 자신을 판단할 수 있어요. 꼭 여기 있어야 할 이유는 없는데요. 저는 남을 판단하는 것을 좋아하지 않습니다. 가야할 것 같습니다.

왕: 저 놈을 체포해라.

해설자: 체포된 어린 왕자는 재판을 받습니다.

### #3 법정

검사: 어린 왕자는 허락도 없이 왕의 별에 와서 최고의 권력자인 왕에게 반말을 찍찍하고 버릇없이 굴었으며 왕의 명령을 듣지 않았으므로 형법 101조에 의거해 징역 10년에 처해 주십시오.

변호사: 이의 있습니다. 피고 어린 왕자는 여행자일 뿐입니다. 여행자는 어디든 여행할 자유가 있습니다. 그리고 왕은 꼰대 성질을 부리고 있습니다. 꼰대 왕은 각성하라. 어린 왕자를 풀어주십시오.

판사: 결정합니다. 어린 왕자는 특별히 왕에게 구속될 사유가 없습니다. 죄를 진 것도 없습니다. 그러므로 무죄. 석방.

(어린 왕자는 만세를 부르고 변호사와 악수한다.)

(왕은 비통해한다.)

해설자: 이제 어린 왕자는 왕의 별을 떠납니다. 이후 여러 별을 다니면서 학자, 점등인 등 여러 사람들을 만났고요. 그리고 지구에도 왔습니다. 그리고 뱀도 만납니다.

## #4 어린 왕자와 뱀 만나기

(어린 왕자 등장한다.)

(뱀도 등장한다.)

어린 왕자: 안녕?

뱀: 안녕?

어린 왕자: 내가 지금 어디 있지?

뱀: 지구야.

어린 왕자: 여긴 사람이 없니?

뱀: 여긴 사막이야. 사막에는 아무도 없어.

어린 왕자: 사람들은 어디 있니? 사막은 외롭구나.

뱀: 사람들이 사는 곳도 외롭단다.

어린 왕자: 너는 이상한 짐승이구나. 가늘고 손가락 같아.

뱀: 그러나 나는 힘이 세지.

어린 왕자: 정말? 네가 힘이 세? 발도 없는데.

뱀: 나는 너를 멀리 데려갈 수 있어. 누구든 내가 건드리면 자기가 왔던 곳으로 돌아가지.

어린 왕자: 너는 수수께끼 같은 말을 하는구나.

뱀: 나는 그것들을 모두 풀지.

해설자: 어린 왕자는 뱀과 헤어진 후 여우를 만납니다.


**#5 어린 왕자와 여우가 만난다**

어린 왕자: 안녕? 넌 누구야?

여우: 안녕? 난 여우야….

어린 왕자: 이리 와. 나랑 놀자. 난 슬퍼.

여우: 난 너하고 놀 수 없어. 난 길들여지지 않았거든.

어린 왕자: 길들인다는 것이 무슨 뜻이야?

여우: 넌 여기 아이가 아니구나. 넌 무엇을 찾고 있니?

어린 왕자: 난 사람들을 찾아. 길들인다는 게 무슨 뜻이야?

여우: 그건 관계를 맺는다는 뜻이야.

어린 왕자: 관계를 맺는다고?

여우: 응. 서로 유일한 존재가 되는 거야.

어린 왕자: 내겐 꽃이 있는데 그 꽃이 나를 길들인 것 같아.

여우: 그럴 수 있지. 나를 길들여줘.

어린 왕자: 그러고 싶은데. 시간이 없어. 난 친구들을 찾아야 해. 알아
　　　　　야 할 것도 많고.

여우: 자기가 길들인 것밖에는 아무것도 알 수 없어. 네가 친구가 필
　　　요하다면 나를 길들여 줘.

어린 왕자: 어떻게 해야 하는데?

여우: 참을성이 있어야 해. 의례가 필요해.

어린 왕자: 그게 뭐야?

여우: 어떤 날을 다른 날과 다르게 만드는 거야.


해설자: 이렇게 어린 왕자는 여우를 길들입니다. 많은 시간이 지나가고 이제 이별의 시간이 옵니다.


여우: 아, 울음이 나올 것 같아.

어린 왕자: 그건 니가 잘못한 거야. 니가 길들여 달라고 했잖아.

여우: 그래.

어린 왕자: 넌 울려고 하잖아.

여우: 그래.

어린 왕자: 그럼 뭐야? 우리가 얻은 게 없잖아.

여우: 있어. 너에 대한 기억이 남았잖아. 나는 저 밀밭을 보면서 너를 기억할 거야. 장미들을 보러 가 봐. 네 꽃은 세상에 단 하나란 것을 알게 될 거야. 내가 중요한 비밀을 알려줄게.

어린 왕자: 비밀이 뭔데?

여우: 정말 중요한 것은 눈에 보이지 않는다는 거야.

어린 왕자: 정말 중요한 것은 눈에 보이지 않는다.

여우: 응. 정말 중요한 건 눈에 보이는 게 아니야.


해설자: 어린 왕자는 이렇게 여우와 헤어지고 자기 별로 돌아갈 때가 됩니다. 그는 지구인 친구인 아저씨를 만납니다.

**#6 아저씨와 어린 왕자가 만난다**

아저씨: 너 안색이 안 좋구나. 어떻게 된 거니? 어디 아프니?

어린 왕자: 나는 갈 준비가 됐어요.

아저씨: 왜 이렇게 일찍 가려고 하니?

어린 왕자: 아저씨가 잘못한 거야. 마음이 아플 거야. 내가 죽는 것처럼 보이겠지만, 정말 그런 건 아니야. 아저씨도 알 거야. 거긴 멀어. 이 몸을 가지고 갈 수는 없어. 그건 껍데기야. 껍데기에 슬퍼할 건 없어요.


(아저씨가 운다.)


어린 왕자: 내가 좀 걷게 해 줘요. 난 내 꽃에 책임이 있어. 가 봐야 해.
(걷다가 앉는다.)


어린 왕자: 이제 끝났어요.
(일어서는데 뱀이 물고 어린 왕자는 쓰러진다.)


**#7 마무리**

해설자: 이렇게 어린 왕자는 떠나갑니다. 우리에게 아름다운 기억을 남기고. 그는 떠났지만, 그가 남긴 메시지는 우리와 영원히 함께 할 거예요. 안녕. 어린 왕자.

-끝-

# 영화학교 닷새, 이렇게

# 책마을해리 영화학교 하루

### 편~~~집앱(김주연)

나는 오늘 책마을해리 영화캠프에 왔다. 콘테 선생님이랑 영상을 촬영하고 편집하는 방법을 배웠다. 핸드폰에 앱을 깔아서 사용해서 편리하고, 아주 재미있었다. 편~~~~집앱을 활용해서 편집한 영상을 공방에 모여 친구들에게 보여주는 것이 제일 행복했다. 처음에는 편집앱을 어떻게 쓰는지 잘 몰랐는데 쌤과 함께 영상을 만들면서 익혔다.

### 얌전해지는 날(정송현)

오늘 영화캠프를 하러 책마을해리에 왔다. 컨디션이 안 좋아 오기 싫었지만, 나를 기다리는 친구들을 위해 왔다. 하지만 나를 기다리는 친구는 없었다. 일단 처음으로 종이백으로 노트를 만들었다. 그다음에 콘테 쌤과 편집하는 법을 배웠다. 나는 핸드폰이 없어서 아이패드로 했는데, 요런 생각이 들었다.

'나만 핸드폰이 없구나.'

그리고나서 짧은 영화를 만들어서 유튜브 책마을해리 계정에 올렸다. 그다음 저녁밥을 먹고 놀고 사는 동안 주지민 언니와 전선영 언니와 친해졌다. 그다음 시간은 사진을 찍고 영상을 만드는 시간이었다. 나는 완성을 못 해 내일까지 해야 한다.

## 방학은 일주일(노다은)

오늘 또 집 밖으로 나가야 한다. 매우 슬프고 고통스러운 기분이었으나, 신청을 한 이상 내가 할 수 있는 것은 과거의 나를 원망하는 것뿐이다.

내게 있어 방학은 하루종일 집에서 나가면 안 되는 날인데, 캘린더에 써 놓은 일정을 보니 진짜 방학은 꼴랑 7일. 일주일뿐이다. 이게 말이 되나 싶다. 방학 시작하자마자 책마을해리에 와서 일주일 동안 책 읽고, 이틀 뒤에 스카우트 야영 가서 구르고, 또 책마을해리에 왔다. 이번에는 영화학교다. 소개받고, 또 계약서 쓰고, 또 누덕누덕 노트를 만들었다. 그래도 이번 노트는 내지를 원고지를 잘 골라서 엮은 거라 그나마 괜찮았다. 그러나 이번 캠프는 좀 다를지도 모른다. 이번에는 출판캠프, 독서캠프 같은 이름이 아니라 영화캠프란 이름이 붙은 캠프니깐 신청했는데 배우는 내용이 학교 영화시간 첫날에 배운 그거였다. 자기소개를 하라고 뭘 썼다. 내가 좋아하는 것, 나를 힘들게 하는 것, 하고 싶은 것, 이런 것을 썼는데 발표할 때 어떻게 생각을 정리해서 말했다.

영화에 관한 걸 배우며 두 편의 영화를 보았는데, 두 편 영화에서 유튜브에서 많이 들어본 BGM이 들렸다. '이거 여기서 나온 거구나', '뭐였더라?' 했는데, 제목이 '점심 데이트'였다. 기억해 놔야지. 그리고 키네마스터로 편집하는 방법을 배웠다. 저녁을 먹고 짧은 영화를 만들기로 했다. 나는 뭘 찍을까 고민하며 돌아다녔다. 그러다 의식의 흐름대로 찍고 들어왔다. 영상을 완성한 사람이 별로 없었다.

# 책마을해리 영화학교 이틀

### 피구왕 제우스(이재우)

저녁 밥을 먹고 피구를 했다. 피구를 하는데 공을 배구공으로 해서 잘 못 던졌다. 근데 내가 맞아서 아웃이 됐다. 그래서 나도 당황했다. 누나들과 동생들을 조금 밖에 아웃을 못 시켜서 아쉬웠다.

### 요리조리 티마쌤 을 잡다(김사라)

오늘은 어제 못다한 영상을 마저 만들었다. 평소에는 영상을 많이 만들어보지 못해서 새로운 경험이 되었다. 저녁시간에 친구들과 쌤들도 함께 피구를 했다. 같이 피구를 하니 친구들과 더 친해진 기분이었다. 나는 오늘 티마 쌤을 맞췄다. 그래서 뿌듯했다. 그래서 우리 팀이 이기게 되었다.

### 그냥 재밌는 피구(유서하)

오늘은 정말 재미있었다. 쌤들이 배구공을 찾아주셨지만 우리는 피구를 했다. 김다나는 덩치가 겁나게 커서, 공을 세게 던질 것 같았는데 의외로 공이 약해서 굉장히 놀라웠다. 첫 번째 판에서는 졌고, 두 번째 판에서는 아웃라인이 되어 가만히 아~주 가만히 서 있었다. 다리가 저리고 전 판에서 뛴 탓에 머리가 아파서 짜증이 났지만, 막판에 티마 쌤과 선 쌤이 오셔서 웃겼기 때문에 그냥 참고 했다! 어쨌든 팀을 옮겨 다녀서 이겼다고 할 수는 없지만…. 그래도 아마

Maybe 이긴 것 같다. 기숙사 들어가고 싶다. 피구 겁나 재밌었다.

### 미식가 이창수(이창수)

방향제를 만들 때 배고팠다. 저녁시간이 되길 바라며 참고 기다렸다. 식당에 밥을 먹으러 갔다. 저녁 반찬을 봤는데 내가 좋아하는 게 나왔다. 바로 돈까스다. 돈까스를 여섯 개 집었다. 돈까스의 크기는 대충 8센티쯤 되었다.

돈까스의 모양은 동그랗게 생겼고, 맛있어 보였다. 돈까스를 먹었을 때 빠삭하진 않고 촉촉했다. 그리고 돈까스 위에 뿌리는 소스 때문에 돈까스가 달달했다. 맛있었다. 돈까스의 친구 어묵국도 나왔다. 맛있었다. 오늘 저녁식사는 환상의 맛이었다.

# 책마을해리 영화학교 사흘

### 재밌는 바다(김다나)

오늘 바다에 갔다. 원래 생리를 해서 물에 못 들어갈 줄 알았다. 근데 열음 쌤이 괜찮다고 하셔서 들어갔다. 물에 들어가서 도로시 쌤과 티마 쌤이 열심히 만드신 뗏목을 탔다. 배 타는 건 재미가 없을 줄 알았는데 막상 타보니 파도를 맞고 하는 것이 정말 재미있었다. 그리고 바다에서 수영도 했다. 바다에서 달팽이도 봤다. 꿈틀꿈틀 움직이는 게 너무 귀여웠다. 다신 안 오고 싶은 바다였다. 너무 짜서….

**비바다**(김에스더)

그 동안 오지 않았던 비가 오늘 왔다. 비가 금방 그칠 줄 알았지만 생각했던 것과는 다르게 비는 더 많이 왔다. 결국 바다로 가는 것이 취소됐지만, 다행히도 비가 많이 그쳐서 바다에 가서 뗏목을 타며 놀 수 있었다. 티마 쌤과 잔나비 쌤이 자꾸 물을 뿌리셔서 힘들었지만 재미있는 하루였다.

**좋은 날**(주지민)

아침에 일어나서 씻고 스트레칭하고, 아침밥을 먹었다. 맛있었다. 수업을 했다. 점심을 먹었다. 짱 맛있었다. 수업하다 바닷가에 갔다. 플라스틱병으로 만든 배가 떴다. 신기했다. 조개를 많이 주웠다. 기분이 좋았다. 저녁을 먹었다. 짱짱 맛있었다. 영화 스토리와 대본을 짰다. 졸렸다. 좋은 날이었다.

**서해의 바다**(전선영)

나는 서해를 싫어한다. 일단 서해는 칙칙하다. 청량하고 맑은 동해와는 달리 서해의 바다는 어둡다. 그리고 파도가 작다. 나를 타이타닉 주인공으로 만드는 동해의 파도와는 달리 서해는 개구리 물장구 같다. 그런데 오늘은 달랐다! 세차게 내린 비 덕에 왠지 바다가 맑아진 듯했고, 날카로운 바람 덕에 파도는 동해를 까먹게 했다. 옷 한 벌 안 챙겨가서 즉흥적으로 뛰어든 바다는 정말 흥미진진했다. 이제 바다를 떠올리면 비 오는 날 칙칙했던 오늘의 바다가 떠오르지 않을까 싶다. 나의 다음 바다도 해리가 되었으면 좋겠다.

### 바다~(서강희)

저번주에도 다리 때문에 못 들어갔는데 오늘 또 구경하자니 부러워서 그냥 냅다 들어갔다. 생각보다 훨씬 더 재미있었다. 몇년만에 물놀이인지 완전 들떠 버렸다. 여벌 옷이 없어서 열음 쌤이 가져다주셨다. 오늘이 제일 행복한 날이었다. 뗏목이 차암! 재밌었다.

### 인생의 쓴맛(?), 짠맛(윤겸)

오늘은 바다에 가서 놀았다. 수영복을 따로 챙기지 않아서 그냥 옷을 입고 바로 바다로 뛰어들었다. 바다라 그런지 물을 잘못 먹으면 짠맛이 진짜 많이 난다. 이게 인생의 짠맛인가?

아무튼, 뗏목도 탔지만 결국에 뗏목에서 난파선이 되는 기적의 논리를 보아 웃겼다. 돌아오고 대본 쓰기를 했는데, 거의 나 혼자서 대본을 썼다. 또 한 번 인생의 짠맛을 느끼게 되었다.

## 책마을해리 영화학교 나흘

### 오늘의 피자(김다나)

오늘은 피자를 만들었다. 다 같이 여러 피자를 만드니 정말 재미있었다. 아침엔 저녁에 하는 연극연습을 하기도 했다. 너무 어려웠지만 그래도 마지막이라 생각해서 열심히 했다. 저녁엔 연기를 연습했는데, 하면서 아침에 열심히 한 걸 생각하니 뿌듯하기도 했다.

### 위대한 피자, 좋은 피자(전선영)

책마을해리에서의 마지막 저녁은 피자였다. 무려 직접 만든! 심지어 맛도 있었다. 내가 한 건 재료 올리기뿐이지만, 올초에 <위대한 피자, 좋은 피자>를 한창 하다가 스트레스 받은 적이 많은데 그 스트레스가 싹 풀려서 좋았다. 내가 만든 피자가 진짜 위대한 피자, 좋은 피자다.

### 바싹피자(이재우)

피자를 만들었다. 피자를 만드는 데 반죽을 펴고 토마토소스를 바르고, 토핑을 차곡차곡 올리고, 피자를 바싹 익히고 먹었다. 너무 맛이 있었다. 고기를 안 넣었는데도 너무 맛이 있었다. 음료수가 없었는데, 선 쌤이 콜라와 사이다를 갖다 주셨다. 난 사이다를 골랐다. 역시 남자는 사이다지!

### 달콤함 금요일(윤겸)

오늘 장기자랑 시간에 티얼스 노래를 들었다. 완전 신기했다. 티얼스는 아주 하이톤으로 불러야 하기 때문에 아주 놀랐다.

### 재미있는 레크레이션(김에스더)

오늘 연극 촬영을 끝내고 선생님들과 함께 레크레이션을 했다. 처음에는 긴장됐지만 시간이 지날수록 분위기가 풀리며 재미있었다.

### (불)타는 (금)요일!(유서하)

오늘은 금요일이다. 그래서 10시 30분이 다 되어가는 시각에 미친 듯이 놀고 있다. 노래도 부르고, 각 팀의 연극도 보았다. 레크레이션 시간에 뽀로로 노래를 불렀는데, 반응이 좋았다. 다른 노래도 불러볼까?

내일이 마지막 날이다. 미리 해리 안녕!

## 책마을해리 영화학교 닷새

상영회와 수료식, 그리고 출판기념회
책마을해리 2022 여름영화학교 끝~.

# 모두 각자의 인생이라는 연극 속에서 행복을 누리시길 빌어요

안녕하세요. 배우 윤동환입니다.

이번에 책마을해리를 통해 영화학교 교장을 귀하게도 맡게 되어 매우 뜻깊은 경험을 했습니다. 가장 값진 경험은 청소년 여러분들과의 만남이었습니다. 자녀가 없는 저로서는 큰 기회였고, 짧은 기간 제 앞에 나타난 친구들을 제 친자식처럼 최대한 좋게 배움을 나눠보자는 생각을 했습니다. 그동안 제가 얻고 배운 인생의 지혜를, 그리고 영화 연극의 노하우를 최대한 전달해 보자는 생각을 했습니다.

현실은 그리 마음대로 되는 것 같지는 않았습니다. 소

통, 커뮤니케이션이라는 게 그리 쉬운 게 아니라는 걸 알았습니다. 교육이라는 게 그리 쉬운 게 아니라는 걸 알았습니다. 상대에게 자기를 이해시키는 게, 상대에게 자기의 생각과 의도와 지식과 감정을 전달하는 게 쉬운 것이 아니라는 걸 알았습니다. 해리(이대건) 샘이 큰일을 한다는 걸 알게 되었습니다. 많은 아이들에게 공히 이익을 준다는 것도 쉬운 게 아니구나. 모두에게 이해받고 공감받는다는 것도 욕심일 수 있겠구나, 하는 생각도 들었구요.

이렇게 길게 이야기하는 것은 저의 이번 영화학교의 중요한 아이템, 제가 전달하려고 하는 어떤 중요한 것을 수업 안에서 전달하려다가 실패해서입니다. 그 전달하려 했던 메세지가 뭐냐? 그것은 우리 인생의 핵심 교훈인 우리의 행복을 우리의 생각이 방해한다는 것이었습니다. 이것은 불교의 메세지, 기독교의 메세지이기도 한데, 우리가 절대적인 행복을 얻기 위해서는 외부의 무엇 무엇이 나를 괴롭게 하는 것이 아니고, 나의 무엇 무엇은 안돼! 무엇 무엇은 돼! 이래야 돼! 저래야 돼! 이러면 안돼! 저러면 돼! 라고 하는 우리의 가치판단, 우리의 기준이 우리의 감옥이 되고 우리를 가두고 괴롭힌다는 것이죠. 그래서 우리는 결국 우리의 생각을 돌아보고 우리의 느낌 생각 감정을 객관화시키고 그것을 넘어서는 참나, 즉 존재-의식-지복의 트리니티(삼위일체)에 대한 깨달음을 얻어야 한다는 거죠. 그것이 저의 인생을 통해 얻은 결론이고 어쩌면 어려운 얘기지만, 그 얘기를 하려 했습니다.

그런데 소통이 어긋나면서 제대로 전달되지 않았던 거예요. 그래서 지금 이렇게 이번 마지막 기회에 저의 핵심 메세지를 전달하려 합니다. 저는 영혼에는 나이가 없다고 봅니다. 혹은 영혼의 나이는 육신의 나이와 다른 나이라고 생각합니다. 제가 이번에 함께 만난 친구들은 초등학교 5학년에서 중학교 2학년까지지만, 여러분들의 영혼은 저와 동급이고 그 이상일 수 있다고 생각했습니다.

우리 인생의 최고의 행위는 자기를 돌아보는 행위입니다. 인간이 이거저거 다 해보고 마지막에 하는 행위가 뭔지 아십니까? 자기를 돌아보는 행위입니다.

영화, 연극. 어려운 거, 이거 왜 하는 줄 아십니까? 자기를 돌아보기 위한 것입니다. 스토리의 소재를 고를 때 우리는 자기를 돌아보고, 함께 일하는 사람들과 부딪칠 때 우리는 자기를 돌아보고, 시나리오를 쓰고 각색할 때 자기를 돌아보고, 연기할 때 우리는 자기를 돌아보고, 관객들과 만날 때 우리는 자기를 돌아보고, 관객들의 반응을 들을 때 우리는 자기를 돌아봅니다.

인생은 연극이고, 연극의 핵심은 갈등입니다. 친구들, 동료 여러분, 여러분과 저는 함께 4박 5일 동안의 연극을 한 것이고 (연극을 만드는 연극을 했던 것이고) 그 연극의 핵심은 갈등이었던 거죠. 여러분도 큰 경험이었고 저도 저 나름대로 큰 갈등을 경험해야 했습니다.

저도 여러분과 같은 사춘기로 돌아가 내면의 해방되지 않은 저의 문제와 만나고 저 자신과 씨름해야 했습니다. 그건 힘들었지만 엄청 소중한 것이었습니다. 여러분을 통해 여러분의 삶과 고민과 아픔과 열정을 느낄 수 있었습니다. 그것이 내 삶의 고민과 아픔과 열정으로 연결되어, '우리'의 문제를 같이 풀어보고 싶은 생각이 들었습니다.

결론적으로 이번 영화학교 일정이, 저에게 큰 성공적인 결과는 아니었습니다. 제가 의도한 모든 것이 이루어진 것은 아니었습니다. 그러나 저도 세상 모든 게 내 욕심대로 되는 게 아니라는 걸 배워야 했습니다. 내가 전달하려고 했던 것, 자기를 돌아봐야 한다는 것, 나의 행복의 책임은 나에게 있다는 것, 자기의 참나를 보면 행복해진다는 것 등을 나 자신도 다 완성하지 못한 것을 발견하고 부끄러웠고, 나 자신부터 더 노력하고 발전시켜야 함을 발견했습니다.

어찌되었든 이렇게 제가 완성시키진 못했지만 제가 바라본 지점이 바로 이것이었음을 말씀드리며, 저와 영화학교 친구들, 여기 학부모님들 모두 우리 인생의 목표인 깨달음, 참나, 아름다운 진리를 향해가는 데 전념하자고 말씀드립니다.

아이들을 키우는 것이 정말 어려운 일이다, 하고 느끼는 부모님이 많을 것 같습니다. 저도 그렇게 느꼈으니까요. 또 부모님 때문에 힘들다,고 느끼는 친구들도 많을 것 같습니다. 저도 그렇게 느꼈었으니까요.

그러나 아이들도, 부모님도 서로에게 우리 인생의 선물입니다. 그 관계를 통해 우리는 참나로 나아가는 거니까요. 빛으로, 내면의 빛으로 나아가니까요.

교육자라는 역할을 연기할 수 있는 기회를 주신 해리 샘, 책마을해리를 운영하는 모든 분들, 이영남 관장님과 여러 선생님들, 도움주신 선, 티마 등 모두에게 감사합니다.

마지막으로 하와이 사람들의 전통 명상법 호오포노포노의 기도문을 공유하면서 제 얘기를 마칠까 합니다. 호오포노포노 기도법은 네 문장으로 이루어져 있습니다.

"첫째 미안합니다, 둘째 용서해주세요, 셋째 감사합니다, 넷째 사랑합니다"랍니다. 어떤 경우든 이 네 가지 말을 하면 모든 문제가 풀린다고 합니다. 여기에 제가 보탠 또 하나의 말이 있습니다. 다섯 번째 "그렇구나!"예요. 모두 각자의 인생이라는 연극 속에서 행복을 누리시길 기원합니다. 감사합니다.

2022년 여름 윤동환